夏日之詩

Poetry of Summer

夏日之詩

Poetry of Summer

網 路 小
Novel@Ne
109
夏日之詩
Poetry of Summer
年度暢銷作者
藤井樹 著
Hiyawu
夏天台北的夜裡吹來晚風，天上掛著一弧白色的月亮，我對著自己說：「就走一段路吧。」
她教過我，散步就是該慵散地走路，不需要走直線，也不需要趕時間，走著走著，就會想通一些事情了……

▽自序

超越

二〇〇三年六月七日，下午五點半，我動筆寫了一部短篇小說，只有五集，字數大概是一萬字左右，那部小說的篇名叫作〈夏日之詩〉。

五年後，二〇〇八年年初某日，深夜兩點多，我重新書寫一部小說，字數大概是六萬多，這部小說的篇名叫作〈夏日之詩〉。

兩部〈夏日之詩〉完全不相干，也完全不相同，如果你讀過二〇〇三年版的〈夏日之詩〉，再看過二〇〇八年版的〈夏日之詩〉，我相信你不會把它們搞混，甚至你可能會認為，這兩部小說出自不同的作者之手。

「吳子雲又變了。」好多人這麼說。

去年九月，《六弄咖啡館》甫上架沒多久，我就收到這樣的信，還有這樣的留言，他們說我又變了。當年寫《B棟11樓》的時候，就已經感覺到我的變化；《十年的你》出版之後，更是明顯地看見差別；然後《寂寞之歌》誕生，所有人都確定我跟以前不同了；再到去年的《六弄咖啡館》，大家都說，吳子雲又寫了一部好小說。

在感謝各位誇獎的同時，我還是會問自己，我的小說真的好嗎？坦白說，已經創作進入第十年的我，還是不知道自己寫得到底是好是壞，十年的光陰到底是把我推向前，還是讓我留在原地呢？我自己也沒有答案。如果銷售成績是一種「寫得好」的證明，那麼大概就是好吧。但是賣得好就表示寫得好嗎？對於這一點，我依然很心虛。

「那就寫贏自己好了。」我給自己訂定了這樣一個目標。

我依然是十年前那個，想到某個好故事就會立刻動手把它寫完的藤井樹嗎？我想不是了，因為我已然變成一個不斷在證明自己能夠超越藤井樹的吳子雲。

「超越自己」是一個很好笑的動作，但做起來卻很刺激。

我有個朋友，他以前是個浪蕩子，每天無所事事遊手好閒，書不會念，字也不太會寫，好事做沒幾件，壞事卻做到惹人厭，什麼打架飆車砍人偷竊等等的不良少年勾當他都做過，甚至他本身就是一個飆車族的帶頭者，進警察局的時間比他回家的時間要多個好幾倍。

十多年過去了，他現在是家裡的經濟支柱，父親年邁之後，他就扛下家裡的事業，每天早上八點開工，晚上八點收工，回家洗完澡睡覺，明天繼續這樣的循環。他的生活變得很正常，他的收入不再像以前那樣，是經由偷竊或是恐嚇得來的，而是靠自己的一雙手掙來的血汗錢。

「想到以前那個自己，真的覺得我浪費了好多時間。」他說。

「那現在覺得怎樣？」

「現在覺得超越自己的感覺很好。」

「什麼感覺？」

「現在我看見那些還在迷途中的不良少年，就像看見以前的自己，原來以前的我這麼可笑。而現在我超越自己了，每天都在為了未來努力著，不僅充實，而且很刺激。」他說。

他所說的感覺，我在這幾年的創作過程當中，也同樣經歷著，我總會覺得自己以前寫的東西不如現在，而現在寫的也可能不如未來。

超越自己，是一種淘汰自己之後再肯定自己的矛盾行為，這些年來，每次下筆，我都在做這件事。當我下筆寫了一段文字，並在重複看了一遍之後，產生「以前的我寫不出來」的感覺，就表示我淘汰了我自己，又贏了我自己。

這真的很刺激。感覺像是我踩著自己的屍體前進。

十年了，在這十年裡我出了十三本書，這個速度是快還是慢呢？如果純以數量來說，可能是算快的，但如果以超越自己的程度來說，這真的太慢了。當我用作品來記錄自己的成長，而時間也同時在前進的時候，我總有一種永遠追不上的感覺……

就快要三十二歲了，我是說我。與出版社簽下第一本書約的那一年，我才二十二歲，漸漸增長的年紀對創作來說或許是一種負累，也或許是一種精進，因為歲月帶來的，除了愈見成熟的思想之外，也帶來了一種叫作腦部活動力逐漸衰退症的毛病。

嗯，我承認，這個毛病是我唬爛的，因為沒有這種病。但是我也要承認，我愈來愈容易忘東忘西，明明前一秒才想到我該寫些什麼，下一秒就忘掉了。

不過，就算我再怎麼老，我也不會忘記要繼續超越自己的。

吳子雲　二〇〇八年初春　於台北

散歩

我站在人行道上，夜裡十二點半，夏天台北的夜裡吹來晚風，
空氣中已經沒有公車排放的廢氣味了。

我本來想攔下一部計程車，然後快點回到家休息睡覺。
但當我看著雅芬的車子愈開愈遠，
還有掛在天上那一弧白色的月亮，
我對著自己說：「就走一段路吧。」

然後，我用比平常工作時慢個兩倍的速度，
還有短個一半的步伐，
走在台北市仁愛路的中央分隔島上。

她教過我，散步就是該懶散地走路，
不需要走直線，也不需要趕時間，
走著走著，有時會想通一些事情。

我問：「想通什麼呢？」
她說：「一些猶豫的事，」她轉頭看著我，「例如該不該喜歡你。」

01

還是在公司待到沒有捷運可以回家了，看來今晚又是一個鐵克西之夜（鐵克西就是Taxi，計程車）。這次雅芬並沒有走過來問我要不要搭她的便車，因為她的便車已經滿座，她會順路送兩個女同事和一個男同事回去。

我在公司樓下準備攔計程車時，雅芬的車開到我面前，車窗搖下來之後，從車裡探出了兩顆人頭，「要不要一起去吃麻辣鍋？雅芬要請客。」坐在前座的男同事問。

他叫明凱，是剛到公司沒幾個月的新人，年紀比我小一些些，長得眉清目秀的，很乾淨，戴了一副眼鏡。當他走進公司大門，我第一眼看見他時，著實嚇了一跳，還以為遇見了費玉清。

「不用了，我不餓，你們去吃就好。」我微笑著揮揮手。

「一起嘛，聽說那家麻辣鍋很好吃耶。」明凱又一次盛情邀請。

「真的不用了，我真的不餓。」

「那不勉強，拜拜囉！」他推了一下眼鏡，微笑著對我揮揮手。車上的其他人也熱情地對我揮手說再見。

包括雅芬，她不只是向我揮手，還拋了個媚眼。

當雅芬的車子離我愈來愈遠，然後右轉消失在一個路口，我的腦海裡還是剛剛雅芬的那個媚眼。

有時候，我覺得她跟她眞的很像。但其實她們兩個長得完全不一樣，說話也不一樣，生氣的時候也不一樣，大笑的時候也不一樣，反正幾乎每一個地方都不一樣。

但不知道爲什麼，我有時候還是會覺得她跟她眞的很像。

第一個她是指雅芬，第二個她指的是……

我站在人行道上，夜裡十二點半，夏天台北的夜裡吹來晚風，空氣中已經沒有公車排放的廢氣味了。

我本來想攔下一部計程車，然後快點回到家休息睡覺。

但當我看著雅芬的車子愈開愈遠，還有掛在天上那一弧白色的月亮，我對著自己說：「就走一段路吧。」

然後，我用比平常工作時慢個兩倍的速度，還有短個一半的步伐，走在台北市仁愛路的中央分隔島上。

她教過我，散步就是該懶散地走路，不需要走直線，也不需要趕時間，走著走著，有時會想通一些事情。

我問：「想通什麼呢？」

她說：「一些猶豫的事，」她轉頭看著我，「例如該不該喜歡你。」

我跟雅芬之間的一切，開始在我進公司的第兩年。

我們的部門是互不相干的，所在樓層也不同。她的部門不需要加班，我的部門則是加班加得很凶，有時候甚至會連續工作三十多個小時，而且下班回家之後還得待命on call。「on call」是我們說的手機班，就是身上帶著公司的電話，只要它一響，你就得趕回公司。

坦白說，我也忘了爲什麼我會跟雅芬在一起，我只記得當時燈光昏暗，我的身上都是她的髮香，空調在天花板裡發出低鳴，電視裡播著我完全看不懂的韓劇，但已經轉成無聲。我們親吻了好久，鼻息與鼻息之間聞得到一些酒氣，但我們沒有喝醉，在親吻的當下，我們都是清醒的。

「你很溫柔。」她說。這是我們進到汽車旅館之後，她說的第一句話。

我們之間所發生的一切是如此自然，所有的步驟都像是安排好的，甚至旁邊好像有個導演似的，要求我們照著劇本這麼演。

是的，我們在一起的第一天就睡在汽車旅館裡，床頭櫃附贈的兩個保險套也在三個小時之內就用完，在這之前，我們只認識幾個月，一起吃過幾次飯，一起看過幾場電影，還有她刻意留在公司陪我加過幾次班。

她說這不叫作被安排好的步驟，也不像有導演在旁邊要我們照著劇本演，而是一見鍾情。

可是我對她並沒有一見鍾情的感覺，坦白說，我是在她脫光衣服之後才開始喜歡她的。

我承認我的膚淺。

我這麼說不是指雅芬的身材很好，雖然她的身材真的很好。但我要表達的意思是，跟她上床之前，我對她只有一種比朋友要多一點的好感，還稱不上是喜歡，但上床加速了我對她的喜歡。

我想我是愈描愈黑了。男人總是會為自己的膚淺找一些聽起來很正當的理由，但這樣的膚淺也證明了男人可以爲性而愛，即使我多麼地不想承認這一點。

「我是個膚淺的人嗎？」年紀愈大，我愈常這麼問自己。尤其是當我每每到信義威秀去看電影，總會刻意花個十幾二十分鐘的時間，坐在某張椅子上，欣賞來來往往的美女時。

我的好朋友中誠說我跟膚淺扯不上邊，而且喜歡看美女的男人才算是比較正常的男人。「你想想，如果一個男人不喜歡看美女，那這個男人正常嗎？很簡單的問題吧。」他說。

如果喜歡看美女就是膚淺，那這個罪名眞的太重了。中誠常常這麼說。

我今年三十歲，研究所沒念完就先休學去當兵，當完兵之後就完全喪失了想再念書的興致。那個時候大家都只想著要賺錢，只有我例外，所以我退伍後無所事事了好一陣子，才在朋友的介紹下，到一個老大哥開的中古車行賣車。

那是二〇〇三年的冬天。

這個老大哥很照顧剛進社會的新鮮人，他常說新鮮人不吃苦就不知道社會的黑暗，不知道社會的黑暗就沒辦法在社會立足，沒辦法在社會立足就沒辦法成爲一個成功的人。

「爲了讓你成爲一個成功的人，每天早上七點，你就要到公司來洗車。」他說。

我還記得我洗的第一輛車是TOYOTA，黑色，一千八百CC，出廠年份是二〇〇一年，跑了兩萬多公里，曾經泡過水也撞過電線桿，前車主是一個女中年教師，她的狗死在這輛車上。

就在我第三次清洗這輛車，也就是我上班第三天的時候，一個爸爸帶著他的小女兒經過我工作的車行，我相信當時的氣溫大概只有十三、四度，因爲我的手洗車洗到凍得沒有感覺，連拿杯水給客人喝都在發抖。

我其實還不會賣車，所以請老大哥爲他介紹，但這位爸爸堅持由我替他服務，於是老大哥拍了拍我的肩膀，說：「你加油，看能不能開胡。」

剛出社會，我對做生意是完全沒有經驗，所以客人看車時，我只是亦步亦趨地跟在他的後面，等他看遍了車行裡所有的車子之後，他停在這輛黑色的TOYOTA旁邊。

「這輛車省油嗎？」那個爸爸問。

「TOYOTA的車都滿省油的。」

「這輛車安全嗎？」

「TOYOTA的車都滿安全的。」

「這輛車跑得快嗎?」

「TOYOTA都滿會跑的。」

「你會賣車嗎?」

「我還滿不會賣車的。」說完我自己搔搔頭,挺不好意思地笑了一笑。

結果他要我載他到銀行,他要領現金,向我買這輛車。開心之餘,我就趕在監理所下班之前,替他換完所有的證件,還辦了一張新的車牌給他。

那天晚上,我在床上翻來覆去,受不了良心譴責的我,在半夜一點打電話給那個爸爸,「抱歉,這麼晚打擾您,但我眞的要跟您說,那輛車泡過水,也撞過電線桿,車上甚至曾經死過一條狗。」

隔天我就被老大哥開除了,「去你媽的徐昱杰!你最好不要在高雄出現,不然我保證你沒飯吃!」他叼著菸,噴著口水,對我狂罵髒話。

於是,我離開了高雄,到了台北。其實那位老大哥說得沒錯,他也確實讓我了解了社會的黑暗面。

到了台北之後,因爲存款不多,所以有什麼奇怪的工作我都先做了再說。於是我在台北的第一個工作，是在某家債務管理公司做電話催收員。

這是一件很好玩的工作。

你會發現每一個人接到電話的反應都不一樣，喜怒哀樂都在聽完你的自我介紹之後立刻反應出來，那像是人生的百態在一條電話線裡上演，赤裸且眞實。

我：「王先生，我這裡是○○債務管理公司……」

王先生：「嘟嘟嘟嘟嘟——」

我：「李小姐，我這裡是○○債務管理公司，妳前五個月的帳款還沒有繳納喔。」

李小姐：「……」（傳來陣陣哭聲）

我：「李小姐？」

李小姐語帶哽咽地說：「我的先生過世了，我還有四個孩子要養，我每天兼三份工作，能不能讓我緩個一陣子？」

我：「這個我不能作主耶，不然能不能請妳先還一些……」

李小姐：「請你等一下！自摸！對對胡加三暗刻……」

我：「……」

我：「你好，請問是江先生嗎？」

江先生：「我是，你哪位？」

我：「這裡是○○債務管理公司，敝姓徐，我是打電話來提醒你，你已經半年多沒有繳交……」

江先生：「我現在不方便跟你說耶，我人在上海。」

我：「喔！在上海啊，那請問你什麼時候回來呢？」

這時電話那頭傳來台北捷運的關門聲。

這個工作我做了兩個月，慢慢地了解了這家公司運作的情況，後來我發現，原來那些暴力討債的彪形大漢都是在我們打完電話之後，就直接出動去恐嚇債務人，這讓我的良心再一次受到譴責，所以我很快地轉換跑道。

那位老大哥說得真的沒錯，我確實慢慢地了解了社會的黑暗面。

其實不需要刻意去了解，黑暗面自然會自己來找你。

曾經，我也是個一點都不膚淺的男孩子，在我不知道愛情也可以很快地發展到上床階段的時候。

在我原本的觀念裡，愛情是必須一步一腳印去經營的，就像爬樓梯一樣，你或許可以加快腳步，或是一次踩個兩三階，但要爬到最頂端，你還是得一步步拾級而上。

但總有人有辦法搭電梯。

在我根本不知道什麼是膚淺的年代，愛情對我來說是這樣地遙不可及，我曾經偷偷喜歡過許多女孩子，但總覺得，要牽著她們的手一起過馬路，是一件不可能的事情。

我在高中時非常喜歡一個學姊，說是學姊，但其實她跟我同年，只是她早讀了一年。

我在某一天放學時交了一封信給她，裡面的內容是我使出畢生所學才熬出來的幾百個字，信末寫了我家的電話和我的名字。

之後那幾天，我光想到要去學校上課就會緊張到全身發抖，我不知道她到底會給我什麼樣的回覆，當我在學校的某些角落看見她時，我還會故意裝作不認識她，即使我根本不知道爲什麼要這樣假裝。

某天天氣晴朗，第七節課的下課鐘聲響起，我背起書包準備離開教室回家，她就站在走廊的盡頭，手裡拿著一封白色的信。

我邁出步伐，緩緩地走向她，我想那是我這輩子走得最慢的一次，因爲我在心裡不斷地整理台詞，想著，我待會要跟她說什麼？我該用什麼表情？如果被拒絕了，我是該笑還是該哭……好多好多細瑣的問題在我心頭盤旋。

直到半夜，我躲在被窩裡，拿著手電筒，才敢拆開她的信，我不知道自己爲什麼要這麼做，像是要營造一種看情書像在看恐怖片一樣的驚悚。

結果她的信只有一行字：「我也很欣賞你，我房間的電話是五二二×××。」

如果有人問我，這輩子有什麼事讓我印象最深刻、全身起雞皮疙瘩的，我會說是看見那排電話號碼。

我們聊了幾個星期的電話，每天晚上固定熱線，星期六日也不公休。然後有一天，我邀請她一起吃晚餐，那是一間我非常喜歡的雞肉飯小吃店，它有賣好吃的雞肉飯（廢話），還有賣好喝的排骨酥湯，我破天荒叫了一盤燙青菜（因爲一盤三十五元，是我一天零用錢的一半），還有兩顆滷蛋。

我還記得我爲了想表現體貼的一面，把其中一顆滷蛋夾給她，但筷子一滑，滷蛋就飛起來了，直接掉在兩公尺遠的地上，然後又滾了五公尺，掉進水溝裡。

「幹！我的滷蛋！」這髒話很自然地從我嘴裡脫口而出。

「……」她有些嚇著地看著我。

這天我們一共走過了大概十個十字路口，她也拉住我的衣角，走過了大概十個十字路口。我知道她拉著我的衣角，我也想回頭直接牽起她的手，但我不知道是吃錯藥還是在耍什麼帥，只記得我一直在裝酷，那畫面看起來像是男朋友在生女朋友的氣，而女朋友一直拉著男生的衣角，表示道歉。

一直到她家附近那個比較小的十字路口，我才鼓起勇氣伸出左手，我以爲能拉住她整隻手，卻只勾住她的小指頭。

「搞什麼，連牽手都牽不準！」這是我心裡的口白，我如此咒罵著自己。

那個比較小的路口，我們花了比大路口要多兩倍的時間才走完，突然間，我很不希望她回家，我腦袋裡一直在想該怎麼留住她，或是讓她多陪我幾分鐘。

「我肚子又餓了，我們再去吃一碗雞肉飯？」這是我心裡的OS，是個很爛的OS，不過還好我沒講出來。

「妳該回家了，不然妳爸媽會罵吧？」這不是我的OS，但我卻眞的說出來了。只是在說完之後，我心裡又出現一句OS：「我求妳不要聽我的！」

我記得她轉身說再見之後的髮香飄飄，還有路燈把她的輪廓照得發亮的背影。那天晚上在電話裡，她說，「只牽著小指頭的感覺，原來這麼奇妙。」我整個人酥在自己的椅子上，長達半個小時無法動彈。

因爲她算是校花級的美女，所以當我們宣佈在一起之後，一些我覺得非常膚淺的同班同學就圍過來問我：

「你親過她了嗎？」

「你抱過她了嗎？」

「你摟過她的腰了嗎？」

「我哥哥說要避孕，不然墮胎非常貴。」

當時，我極度厭惡他們竟用這麼膚淺的態度，看待愛情這件神聖的事情，彷彿愛情對他們來說就只是肉體上的接觸，心靈的交流則通通都是狗屁。

「沒有，我只要跟她說說話、牽牽手就很開心了。」我說。

聽完之後，每個人都捧腹大笑，他們覺得我未免太不切實際，在他們的眼裡，戀愛中的人不可能只滿足於牽牽手跟說說話而已。

長大之後，我可以漸漸了解高中生對愛情的懵懂，青春期的躁進，使得曾經是高中生的我們，對異性有著過度的好奇，不只是男生如此，女孩子也一樣。於是，除了一起打籃球或是打電動玩具之外，男孩子們在放學後的討論話題，也常涉及哪一班的哪個女孩子是正妹，哪一班的哪個女孩子身材一級棒，甚至還會交換A片。

女孩子當然不可能像男生這麼誇張，傳統文化的道德禮教，對女孩子來說，還是有些約束力。但是現在，如果哪個高中女生告訴我，她曾經跟同學交換A片，我只能說我家還有一些存貨，看她要不要一起拿回家。

在我理想中的愛情，兩個人互相喜歡的心靈交流是一種無法言喻的興奮，更是一種無以名狀的美麗。

曾經親身體會過，在已經熄了燈的夜晚，躺在自己的床上，光想著對方的名字，還有她曾經對自己說過的話，就會有一種愉快的感覺。

曾經親身體會過，一起出去遊玩時，只要能夠牽著手過馬路、靠在肩膀上看恐怖片，還有用同一根吸管喝同一杯可樂，就會有一種愉快的感覺。

曾經親身體會過，一起坐在海邊，看到夕陽慢慢地往下沉，兩個人肩並肩靠在一起，直到夕陽都已經不見了，還捨不得站起身來準備回家，只要能夠這樣，就會有一種愉快的感覺。

曾經體會過，光是站在對方住家的樓下，看著對方的房間燈還亮著，心想她是不是跟自己正在想念她一樣地想念自己，就會有一種愉快的感覺。

這些愉快的感覺像一場美麗的夢，你根本就不想醒過來。

於是，爲了捍衛我理想中的愛情，我跟學姊的進展一直都只停留在牽手和說話的階段，就這樣過了一年半。

直到某一天，我們一起到公園散步聊天，照慣例我們手牽著手，照慣例我們肩並著肩，正在聊的話題還沒有結束，她卻突然停下腳步，看著天空。

「妳在看什麼？」我順著她的視線，也抬頭看了看天上。

「我在問月亮。」她說。

「問月亮什麼？」

「問月亮你什麼時候才要吻我。」她說。

四周的空氣好像瞬間停止了流動，她那句「什麼時候才要吻我」在我的腦袋裡來來回回地碰撞，我的心跳加速，我的呼吸急遽，她的大眼睛很認眞很認眞地看著我，然後慢慢地、慢慢地、慢慢地、慢慢地閉了起來。

在那之後，每次和她一起散步，我都會找機會看月亮。從一開始只看一次月亮，到後來我三不五時就在看月亮。

這月亮就這樣又看了半年多，這段期間，我腦袋裡一直充斥著連自己都覺得下流的思想，不知道會不會在某一次散步，她將再一次看著月亮，然後問我說，「我在問月亮，你什麼時候才要摸我胸部」。只是，這個期待還沒實現，她就畢業了，再沒多久，她就被家人一起帶到國外去，我從此不曾見過她。

在這之後，我還是時常在看月亮。

我一共看了幾顆月亮？我也不知道。

我只知道，每一顆月亮的味道都不一樣。

大部分的月亮都是甜的，不過有些月亮有大蒜味就是了。

03

其實再過兩個月我就要結婚了。

不過比較奇怪的是，我到現在還沒有就要結婚了的感覺。當我還是個學生時，每每跟同學聊到「女朋友」這個話題，最後總會很自然地扯到結婚這件事情上面。說實在的，男生還真不是普通的無聊，明明還是個學生，離結婚兩個字還很遠，卻總會比較來比較去。甲說乙一定會第一個結婚，乙說丙才是最有可能閃電結婚的那一個，丙說丁一直都沒搭腔，不過看起來肯定就是會先搞大女朋友肚子，奉子成婚的色胚。

當甲乙丙丁都討論完了，他們就會轉頭看著戊，這時戊不知道該說什麼，只是面無表情地看著他們。他們則是一副有話想說，但不知從何說起的臉，就像是便秘了好幾天，坐在馬桶上，用力地想把肚子裡那一大坨噁心的大便給痾出來似的。

甲看著戊：「欸……唉！」

乙看著戊：「那個……我是想說……唉！」

丙看著戊：「其實是……唉！」

丁看著戊：「我說眞的，嗯……唉！」

結果大便還是沒痾出來，他們依然是一臉便秘的樣子。

我不是甲乙丙丁，我是那個戊。我不知道我爲什麼給他們一種便秘的錯覺……不！我的意思是，我不知道我爲什麼給他們一種不會結婚的錯覺。

對，他們都認爲我不會結婚。

我曾經很認眞地詢問中誠，爲什麼我會給其他人一種「我不會結婚」的錯覺？他的反應跟別人不一樣，他先是沉默了幾分鐘，好像這個問題嚴重到必須經過審愼地思考之後才能回答。但其實我一點都不覺得這件事有必要如此愼重看待，甚至他如果回我一句「你他媽的就是一副不會結婚的臉啦」，我也覺得無所謂。

「你就是一直給別人一種花花公子的感覺啊！」中誠想了幾分鐘之後說。

「啥？」我不懂。

「花花公子。」他指著我。

「Playboy？」我指著自己。

「嗯。」他點點頭。

我思考了一會兒，但還是不明白。

「喔！然後呢？」

「就是花花公子。」

「花花公子都不會結婚？」

「花花公子永遠都嫌玩得不夠，怎麼會結婚？」

「為什麼我像花花公子？」

「因為你總是穿梭在許多女人當中。」中誠回答。

不過不管甲乙丙丁或是中誠怎麼說，我總覺得我會是朋友中最早結婚的那一個。

我很喜歡一個人去看電影，那是一種完全自由的感覺。我可以在電影一開演時，就讓自己成為裡面的一個角色，一個在鏡頭外，但卻一直跟著所有劇情起伏與移動的角色。

我常常讓自己流連在愛情片裡忘了走出來，時常已經散場，人都走光了，我依然留在自己的座位上呆滯著。要我確切地說我到底在想些什麼，坦白說，我也說不出來。但不管男女主角在戲裡是糾纏，或是不停地擦身而過，我都會有一種強烈的感覺：「結婚吧，我們結婚吧。」我會在心裡替那個男主角說，「別再糾纏了，別再擦身而過了。」

當我走在路上，或是在某家餐館裡，看見一對夫妻帶著孩子一起逛街或是吃飯，我會不由自主地把目光停在他們身上。他們之間的相處與每一個動作都令我羨慕，即使那個孩子正在哭，或是那對夫妻正皺著眉頭，不知該怎麼讓孩子停止哭泣。我總是在心裡想像著，這對夫妻是談了多久的戀愛，走過了多少的風雨，歷經了多少的困難，才有辦法走過紅毯的那一端，而當他們知道自己的下一代正在媽媽的肚子裡漸漸茁壯時，又有多高興呢？

當我一個人在書店裡閒晃，看見某一對情侶正手牽著手，在「居家與裝潢」那一個書櫃前面徘徊駐足，我會豎起耳朵，仔細傾聽他們對未來到底有什麼樣的規畫。他們打算買多大的房子？買多大的沙發？買幾吋的電視？他們要把自己的家裝潢成什麼樣子？要不要有庭院？要種什麼花？要不要樓中樓？要不要歐式的廚房？要不要養隻狗或貓？要不要把其中一間房間裝潢成書房？他們的眼裡有對方，他們的手牽著對方，他們的額頭貼著對方的額頭，他們住在對方的心上。

當我回到自己獨居的地方，十多坪大的空間裡只有一張單人床、一張書桌、一部電腦、一架黑色的電視機、只能坐一個人的沙發；只有一瓶洗髮精、一瓶沐浴乳、一支牙刷和一條毛巾的浴室；只有啤酒和可樂的冰箱，只有一個馬克杯跟一副碗筷的小廚房，還有只擺了一雙室內拖鞋的小客廳。

我非常渴望第二個人來分享我的生活，我願意無條件地供給她滿出來再滿出來再滿出來的溫暖。

以上所說的通通都是我渴望結婚的證明，都是我渴望有第二個人來分享我的生活的證明，我不知道我的朋友們，包括最了解我的中誠，他們爲什麼會認爲我是個不會結婚的人？

我還在○○債務管理公司上班的那一年，丁眞的把他女朋友的肚子搞大了。跟丙的預言一樣，丁是我們當中第一個結婚的人。

丁的老婆是一個百貨公司的專櫃小姐，美麗大方又有氣質，而且身材好到完全不需要墊，就有呼之欲出的胸部。當我們所有人都在向他們夫妻兩敬酒時，不知道有多少人的目光是聚焦在丁太太的胸部上。

我承認我是其中一個，我大概看了兩秒鐘，然後一陣罪惡感如排山倒海一般襲來，我就沒有再去注意她的胸部。

丁的婚禮，我帶了第三任女朋友去……咦？是第三任嗎？應該是吧，我想。甲乙丙對我的第三任女友都很有興趣，不過他們感興趣的不是她的人，而是她的職業。

「她在證券公司上班，」我一手摟著她的腰，一面向他們介紹著，「你們要開戶買股票可以找她。」

然後就再也沒有我說話的餘地了。

甲乙丙不停地問她有哪支股票可以買？有哪支股票會大漲？到底今年的強勢股是哪一些？金融股會不會出現泡沫？傳產股有沒有可能翻身？還有最重要的：「有沒有什麼內線交易？」

當甲乙丙挾持我的第三任女朋友，不停地逼問她有沒有內線交易時，我看著丁和他的新婚太太被別桌的親友拱到臺上，玩親嘴十秒鐘的遊戲，心裡忽然有一股很深很深的寂寞，和很深很深的羨慕感。

我羨慕的不是他們的幸福，更不是新娘的胸部很大，而是他們已經有了未來。

我忘了到底是什麼時候，我才發現沒有未來的支撐，我的每一天都像無頭蒼蠅一樣地到處亂飛。好像是放棄研究所準備當兵那個時候吧，也好像是在老大哥那裡賣車的時候，更像是我在催某一位先生的債款的時候。

或是她告訴我她想在二十七歲結婚的時候。

跟她散步是一件非常非常愉快的事。

她是個絕佳的傾訴者、演說者、表演者，或者也可以說是哲學家。同時她也是個絕佳的傾聽者、分析者，或是一個免費的心理醫生。

我很喜歡看她說話的樣子，一舉手一投足，每個動作都多一吋不多，少一吋不少，她的眉毛像是裝了開關，說到開心時會上揚，說到難過時會低垂，說到生氣時會蹙起雙眉像兩把劍，說到感動時會緩緩挑起像兩片柳葉。

一開始，我並不是個會散步的人，散步對我來說是一種運動，就像打球或是游泳一樣，只是散步比較不激烈。

但她說散步是一種溝通，是一種交流，是一種新陳代謝，是一種語言。

散步是一種溝通，是一種交流，是一種新陳代謝，是一種語言。

04

當朋友們得知我將在兩個月之後結婚，他們都嚇傻了。不管是電話裡面的甲乙丙丁，或是站在我面前一臉驚嚇過度的中誠。

其實我也被自己嚇傻過，就在我決定結婚的那天晚上。

那天晚上，我不停地回想，從我開始戀愛，到已經三十歲的現在，那些曾經與我一起看過電影，吃過高級鐵板燒的頂級和牛肉，逛過東區的地下街，走過仁愛路的中央分隔島，看過合歡山的雪景，吃過基隆廟口的小吃，潛過墾丁南灣的海水，嚐過學校附近的雞肉飯，住過全台灣最高的五星級飯店，甚至抓過家鄉夜裡那田埂中來來回回翩然飛舞的螢火蟲的女朋友們，到底有哪一個曾經讓我動過結婚的念頭？

那天晚上，我躺在家裡的沙發上，我不停翻滾的思緒，像颱風來襲時，海岸線上不停衝擊著沙灘的大浪。

到底那些和我走過感情路的女孩子們，我想過跟誰結婚？

我拿起電話撥給丁，他是我幾個好朋友當中最早結婚的。或許過來人會有些類似的經驗也說不定。

「你要結婚之前，有回想過那些你曾經交往過，但已經分手的女朋友們嗎？」我問。

「沒有。」丁毫不遲疑地回答。

「爲什麼？爲什麼沒想過呢？」我眞的很好奇。

「因爲我的第一個女朋友就是我現在的老婆。」

「我就知道！你果然喜歡大奶媽！」我說。

我拿起電話再撥給丙，他在丁結婚之後一年多也步入禮堂了。

「你要結婚之前，有回想過那些你曾經交往過，但已經分手的女朋友們嗎？」我問。

「沒有。」丙毫不遲疑地回答。

「爲什麼？爲什麼沒想過呢？」

「因爲我不會去想別人的老婆。」他說。

我拿起電話撥給乙，他在丁結婚之後兩年也結婚了，他的婚禮很特別，是在一座農場裡，一邊餵羊一邊替對方戴上戒指的。

「你要結婚之前，有回想過那些你曾經交往過，但已經分手的女朋友們嗎？」我問。

「啊！幹……沒有。」他先罵了一句髒話，然後才回答我。

「爲什麼罵我？」

「不是罵你，是我兒子剛剛尿在我褲子上。」

我拿起電話撥給甲，他在去年結婚了，只因爲他打死不相信二十九歲的人結婚會有不好的下場，類似會離婚或是家庭不和之類的，所以他拖著女朋友，趕在二十九歲的生日之後結婚。

「你要結婚之前，有回想過那些你曾經交往過，但已經分手的女朋友們嗎？」我問。

「呃……嗯……這個嘛……沒有。」他遲疑了好一會兒。

「爲什麼沒有？」

「因爲我老婆在旁邊。」他說。

這時我突然想起她，那個跟我說，她想在二十七歲時結婚的女孩。

我跟她的戀情發生在網路上，在那個我只把網路拿來當作聊天工具的年代。那個聊天網站早就已經消失不見了，曾經倒背如流的網址，如今也已經不復記憶，腦海中唯一留下的，就是我跟她決定約出來見面的那個晚上。

高雄下著傾盆大雨。

我獨自一個人關在網咖的二樓，那是一個專門只爲我開放的空間。老闆跟我很聊得來，他知道我喜歡安靜，他知道我喜歡耍孤僻，他知道我在跟她聊天的時候，不希望有人在旁邊吵，所以他特地把一台電腦搬到樓上，擺了一張有軟墊和大抱枕的椅子，「以後你來就自己上樓坐這裡吧。」他說。

我在那間網咖裡學會了抽菸，那一年我十九歲。剛升上大一，小毛頭一個，時常做出一些類似把前面的頭髮拉直，看看能不能碰到鼻尖或是嘴巴的幼稚兼無聊舉動，以爲自己考上了國立大學就有點了不起，事實上，除了比較會念書以外，其他的什麼都不會。

那年，她已經二十一歲了。

那個聊天室很小，因爲伺服器不大，大概幾十個人一起掛在上面聊天就已經是極限了。我也忘了我是怎麼找到這個聊天網站的，反正人少正合我意，聊到最後，幾乎有一半的人都互相認識，感覺彼此都很熟，有種類似到學校之後，跟同學一起哈拉的熟悉感，但明明彼此都沒有見過面，那種感覺也挺新鮮的。

第一次跟她聊天，我跟她沒講幾句話，因爲那個聊天室大都會設定一個主題，大家一起討論，而那天聊天室裡主要的話題是什麼我也忘了，我只記得我在煙霧瀰漫的小房間裡，只有我一個人的特別座上，點起一根根的菸，看著螢幕上，每個人五顏六色的發言不停地向上捲動。

她的暱稱叫作「紛飛」，「紛飛」兩個字前面有一片粉紅色的羽毛，表示她是個女孩子。我的暱稱叫作「夏日」，這強說愁的兩個字前面是一片帶著梗的綠色樹葉，表示我是個男生。

我爲什麼要以「夏日」作爲我的暱稱？因爲在那個年代，帶點憂鬱性格的男生比較容易受到女孩子的青睞。像是有一雙深邃眼神的男人，總會讓女孩子盯著他的眼睛看，心裡想著：「這個男人究竟有多少故事？」

而「夏日」兩個字與那雙深邃的眼神有異曲同工之妙，這看起來充滿故事的兩個字，讓我在聊天室裡，不時得到女孩子主動向我打招呼的待遇。

紛飛在網路上一直都是比較安靜的。通常她回別人的話都長這樣：「嗯……」、

「對……」、「有……」、「好……」；有時候回得比較長，就會是「都可以呀……」、「我也是這麼覺得……」、「我眞的不太了解……」、「我要下線了大家晚安……」。

她習慣性地在每一句話後面加上六個點，那讓人感覺她是個帶有憂鬱氣息的女孩子。

有憂鬱性格的「夏日」和有憂鬱氣息的「紛飛」，一定會創造出美麗的愛情故事。至少我是這麼認爲。雖然我跟憂鬱性格完全扯不上邊，我依舊是個十九歲的小毛頭，依舊是那個在學校看見同學耍白爛就會衝過去巴他的頭大聲罵幹的小毛頭。

在我跟她之前，這個小小的聊天室裡已經有幾對男女配對成功了。那當中不乏浪漫的情節，也不乏好玩的結果。當我面對著一個五顏六色的螢幕，莫名其妙不知道爲什麼地喜歡上那有光圈在閃動的「紛飛」兩個字時，那天晚上我徹夜難眠。

「她到底是誰？」我腦子裡不停地重複這個問句。那段時間裡，當我走在街上，我甚至認爲她會跟我在路上擦身而過，就像電影裡演的一樣，在男女主角交會卻無法相認的同時，背景音樂就會響起，感動所有的觀眾。

但這種事情從來沒有發生，背景音樂也從來沒有響起，只有汽機車來來往往的「叭叭叭叭」。

紛飛：夏日，你對我很好奇……

一天晚上，跟她聊了許久之後，她這麼說。

夏日：嗯，是啊。

紛飛：爲什麼……

夏日：我不知道。

然後聊天室裡的其他人開始替我告白，「夏日喜歡妳啦。」他們不約而同地打上這句話，螢幕因此被捲動了半個頁面。

紛飛：那，你想跟我見面嗎……

夏日：想。

紛飛：什麼時候呢？

夏日：現在好嗎？

我承認我的猴急，不，應該說我承認我比猴子更急。一個十九歲的小伙子遇見了愛情，就算是大雨傾盆的半夜，對我來說也像是太陽高掛在正中央的好天氣。

在大雨滂沱的馬路那一邊，我看見一個撐著白色雨傘，穿著黃色長裙的女孩子，凌晨三點的高雄市，五福路上一輛車都沒有。

就如我們在網路上約好的，我們隔著一條馬路的寬度散步。她走在馬路的那一邊，我走在馬路的這一邊。

一直到現在，我每次經過五福路與民生路的交叉口時，我都還會想起那一天的情景。因爲我們就是約在這個路口，凌晨三點鐘一到，她準時出現在馬路的那一邊。

〈大雨，紛飛〉，這是我後來寫的一首詩，用我破爛到孔子也會從棺材裡爬出來搖搖頭之後再躺回去的國文程度，還有參考了好多好多現代新詩的範例，花了好幾個小時，連大便的時候都在想才擠出來的一首詩，在聊天室裡，一個字一個字敲出來送給她。

◇◇

一條路的寬度，決定了我們的世界。
路那一邊的人行道上，有妳的香味。
我在數萬顆雨滴破碎在地上的同時，聽見很清晰的妳的腳步，
雨淋濕妳的裙襬了嗎？為何妳慢了速度？

大雨，紛飛，是老天爺刻意安排的局，
大雨是天，紛飛是妳，而我只是你們之間的一顆棋。
平行的人行道，沒有交界。
終點還有多遠，我情願看不見。

我向老天問了一問，在大雨紛飛的這夜，
如果雨在瞬間就停了，我能不能住進妳心裡面？

◇◇

如果雨在瞬間就停了，我能不能住進妳心裡面？

05

那一陣子，聊天室的大標題寫著「當十九歲的夏日遇上二十一歲的紛飛」，這看起來像是一部愛情電影的片名，我想像著這部電影裡有許多的風花雪月，利用很多灰色與白色，或是楓葉的紅色，或是新葉的綠色，在某些美麗的場景之下，拍攝夏日與紛飛的故事。

我跟她之間的愛情，被許多不認識我們也沒見過我們的網友祝福著。

「我沒有見過你，爲什麼我會想念你？……」紛飛曾經在網路上這麼問過我。螢幕這一端的我開心地笑了，我相信螢幕那一端的她也是笑著的。

「我們見過呀，如果隔著一條馬路算是見面的話。」我說。

「但我想念的卻不是那個跟我隔著一條馬路，撐著傘陪我散步到中正文化中心的男孩……」

「那妳想念誰呢？」

「我想念著一個好像有聲音，好像有樣子，好像有表情，甚至好像能觸摸得到的一個……我沒見過的人……」

「妳希望那是我嗎？」

「那就是你呀，夏日……」她說。

她嘗試用她的語言告訴我，她從不曾感覺如此虛幻過，在漸漸地了解到「夏日」已經活在她的生活裡之後，她依然無法釐清到底這是眞的還是虛幻的。

但其實我不是夏日，我是徐昱杰。但網路的虛幻讓我變成了夏日，那個她認識的夏日。相對地，她也不是紛飛，但網路的虛幻讓她變成了紛飛，那個我認識的紛飛。

是啊，網路戀情總是虛幻的，但卻因爲人們渴望它的眞實，而有太多人願意嘗試開始一段虛幻的愛情。這不禁讓我在長大之後思考著，爲什麼會想要嘗試？

在「妾身未明」之前，愛情之所以讓人覺得遙不可及，是因爲不知道對方到底「喜不喜歡我」，不管我做了多少暗示，拋了多少曖昧的眼神，使了幾個充滿想像空間的眼色，甚至是在學校或路上的某個角落，發現對方與某個異性相談甚歡還勾肩搭背，兩個人瞇起彎彎的眼睛注視著對方還笑得好開心，而自己卻只能在孤單的角落獨自喝光了幾桶醋罈子裡的醋，回家哭到眼睛紅腫聲音沙啞還外加便秘了好幾天，這一切在在令你覺得愛情眞是遙不可及。

因爲你不知道「對方到底喜不喜歡我」。

這種「世界上最遙遠的距離」之所以每每讓有情人心碎，就是因爲說不出很簡單的一句「我愛你」，而對方也不一定會以「我也愛你」作爲回應。

所以「世界上最遙遠的距離不是生與死，而是我就站在你面前，你卻不知道我愛你」這句話會紅透半邊天，甚至我敢打包票，這句話會紅到世界末日那一天，就是因爲它說得太貼切了。

不過，網路的出現卻不小心拉近了這段距離，因爲盯著螢幕，敲著鍵盤打出「我愛你」三個字，要比站在對方面前，像生蛋一樣慢慢吐出這三個字，還可能會被對方以「哈哈哈！你好幽默！」回應要來得容易太多太多了。

而且容易還只是其中一個好處，另外還有許多好處是你意想不到的。

假設狀況一：你向小美告白，用鍵盤在聊天室裡敲出「我愛妳」三個字。

小明：小美，我愛妳。

小美：……

小明：我是認眞的。

小美：你什麼意思？

這時你發現小美可能會拒絕你，她回應的語氣似乎不太高興，你可以這樣反應：

小明：剛剛是我弟弟跟我搶鍵盤，他趁我去上廁所的時候亂打，妳別介意。

假設狀況二：你向小美告白，用鍵盤在聊天室裡敲出「我愛妳」三個字。

小明：小美，我愛妳。

小美：什麼？

小明：我愛妳。

小美：你幹麼啊？幹麼突然講這個？

這時你發現小美對你其實是沒什麼興趣的，她的回應顯示，她似乎不希望跟你深入談論這個話題，你可以這樣反應：

小明：幹！剛剛我問聊天室管理員，他說在聊天室裡打「我愛妳」三個字會出現亂碼，我好奇想試試看，原來他是騙我的！

（因爲使用不當字眼，該使用者已經被踢出聊天室。）

假設狀況三：你想向小美告白，但你不像狀況一跟狀況二一樣猴急，你選擇慢慢說，卻先被反擊。

小明：小美，我有件事想告訴妳……

小美：你別說，我都知道了。

小明：眞的嗎？那……

小美：我覺得，還是不要說比較好。

小明：我想說，不然後果會很嚴重。

小美：那你就說吧，不過我先跟你講，我們不會在一起。

這時你的心已經碎了，生命的喪鐘聲從遠處傳到你的耳裡，窗外原本皎潔的月亮立刻被烏雲籠罩，哀傷的背景音樂驟然響起，痛苦的旋律在你腦海裡撞擊著，你的靈魂因此被無情地搖晃。

儘管痛苦折磨著你，但因爲這是網路，你還是可以這樣反應：

小明：銬夭啊！我是要跟妳講，我肚子痛要去大便，妳是在說啥碗糕？

（因爲使用台客字眼，該使用者已經被踢出聊天室。）

假設狀況四：你向小美表白，一切都很順利，終於，你們來到了需要交換照片的時刻。

小明：小美，我可以先看看妳的照片嗎？

小美：好，但是你也要傳來給我看喔。

小明：好。

小美：www.xxxxxx.com.tw/xxxxx.xxxxx，這是我的網路相簿。

小明：喔買尬……這……我的天……小美妳、妳、妳好漂亮啊……

小美：謝謝你的誇獎，那你的照片呢？

（小明已經下線了。）

或許我以上所寫的假設都很白爛，但我很慶幸我跟紛飛之間並沒有發生類似的情況。

因爲我們都知道，紛飛喜歡夏日，而夏日也喜歡紛飛。

在我那些許許多多發生過的感情裡，曾經與我一起散過步的女朋友，只有雅芬和紛飛，還有那個高中時和我一起看月亮的學姊。當然也曾經有其他的女朋友對我提出一起散步的要求，只是不知道爲什麼，我沒有答應。

雅芬是個很聰明的女孩子，對於生活與人生，她有一套自己的看法與應對的辦法。或許是因爲她是獨生女，她堅強與獨立的特質，是很多女孩子比不上的。我記得在跟她共事了幾個月之後，一個趕完工作之後輕鬆的下午茶時刻，帕沙諾瓦式的輕柔音樂在咖啡館裡的每隻耳朵裡轉來轉去，我的唇齒之間留著焦糖拿鐵的香味，還有剛下肚的波里斯藍莓蛋糕的芬芳。我不知道是在發呆還是幹麼，只是一直盯著她的眼睛不放，像是要躲進她的眼睛裡，去看看她所看見的世界到底長什麼樣似的。

「好看嗎？」她問。同時也把我從她的眼睛裡拉出來。

「啊？」我愣了一愣。

「剛剛你一直盯著我，我想問你好看嗎？」

「嗯，好看，妳眞的很漂亮。」

「那你喜歡嗎？」

「我能說不喜歡嗎？」

「那得看你能不能對自己說謊了。」她咬著下唇，放電般地說著。

那天晚上，雅芬找我一起到鋼琴酒吧喝點小酒，但是我拒絕了。並不是雅芬的電力對我不構成影響，也不是她不夠漂亮我不喜歡她，而是我突然想自己去散步，突然地，很突然地。

大概是我還沒準備好要喜歡雅芬吧，我總覺得還有個人住在我心裡，住在我那個很凌亂很凌亂的心裡，一大堆亂七八糟的片段，都是我跟她在一起的回憶，就像一間衣服丟得到處都是的房間。

而我從來都不知道該如何整理起。

本來我是個不會散步的人，真的。

對於散步，我跟大多數人有著一樣的看法，「散步就是走路啊！」我這麼解釋著。

但是她教過我，散步就是該懶散地走路，不需要走直線，也不需要趕時間，走著走著，有時會想通一些事情。

我問：「想通什麼呢？」

她說：「一些猶豫的事，」她轉頭看著我，「例如該不該喜歡你。」

她說完之後看著我，咬著下唇，眼神像是傳出電流刺入我的眼睛再流過我的身體。原來這就是爲什麼有些時候我會覺得雅芬很像她的原因。

紛飛啊紛飛，如果我總是能在別人的眼睛裡看見妳，我該如何忘了妳？

如果我總是能在別人的眼睛裡看見妳，我該如何忘了妳？

靈魂缺口

靈魂就像一塊蛋糕，四四方方的。
你愛過一個人，你就會分出一部分的靈魂給他，
像是蛋糕剝去了一小片。
如果他也愛你，那麼他就會分出一部分的靈魂給你，
像是給你一小片蛋糕。

這一來一往之間，那一小片蛋糕的施與受，
總是會讓你的靈魂恢復原狀。
如果你愛上的人並不愛你，
那麼你的靈魂，就會出現缺口。

因爲已經給出去的靈魂，永遠要不回來了。

有個留學英國的同事曾經在聊天時提到，英國人非常注重生活品質，那些在我們看起來要有錢有閒才能做的活動，對他們來說都是家常便飯，例如網球、滑雪、巧固球或是高爾夫球等等。他們通常早上十點才上班，下午三點一到，辦公室裡就看不到幾個人了。那他們去了哪裡？他們都在街邊的露天咖啡館喝下午茶兼聊是非。

就是因爲英國人眞的太閒了，我甚至懷疑，他們可能閒到曾經在路邊抓兩隻螞蟻來互咬，可能也就因爲他們實在太閒了，所以英國人常會做一些莫名其妙的研究，例如住在北半球的人是不是比住在南半球的人長壽、一個人一輩子大概會說幾句話、人一輩子大概會上幾次廁所，或是人一輩子大概會喝幾杯咖啡等等，他們的研究調查項目可說是無奇不有。

有一天，我在奇摩新聞上面看到英國人又一次無聊地做了一個最新研究，「人一輩子會說八萬八千次謊，大部分都是出於善意」，這讓我差點從辦公室的椅子上跌到桌子底下去。

這到底怎麼研究的呢？這到底怎麼計算的呢？

那天吃晚餐的時候，我把這個研究告訴雅芬，她聽了之後笑得很開心。

「有這麼好笑嗎？」我不解地問。

「是啊，」她摀著正在咀嚼食物的嘴巴，「你不覺得嗎？」

「我不知道哪裡好笑。」

「你想一想，他們不只能計算謊言的次數，還能測出那謊言到底是惡意還是善意呢！」雅芬瞪大了眼睛。

我明白她的意思了。雅芬認為所有的東西都是可以被測量出來的，即使是非常非常微小的事情也一樣，但我卻想不通，心裡的想法與意念也能被測量出來嗎？

有個叫藤井樹的傢伙，他除了在網路上寫小說之外，每個星期也會在時報週刊上寫專欄，他曾經在專欄裡提到一本叫作《萬物簡史》的書，裡頭記載著，科學家們推估，大概有三百億種生物存在（或曾經存在）在地球上。而現在大概有一千兩百萬種生物已經被人類發現及命名，科學家相當保守地估計，大概還有一千萬種生物尚未被人類所知，而牠們跟我們一樣，都是地球公民，跟我們一起享用著地球資源。現在，全世界的人口大約是六十五億，聽來很多對吧？但是，跟一些比人類要小個幾千幾百倍的生物相比，人類的數量，牠們可不放在眼裡。生物學家曾經估計，這世界上至少有四百兆隻以上的螞蟻，而我們都覺得噁心的蟑螂，數量則是螞蟻的六十倍。

所以，要測出什麼樣的數字都不是重點，重點是「人心無法測量」。英國人說人一輩子說謊八萬八千次，大部分都是善意的，我想我必須對這個研究結論打一個很大的問號。

我從小到大說過幾次謊？我根本不記得。但如果你問我有沒有說過謊，我會非常誠實地告訴你：「有，而且很多。」

我曾經跟媽媽說我要去補習，但卻蹺課去打電動，回家後知道補習班導師打過電話來表示關心，結果我被打得亂七八糟。

我曾經跟爸爸說我要去買書，錢拿了之後跑去打電動，回家時手裡一本書都沒有，錢倒是已經花得精光，我於是騙他說我被壞孩子搶劫了，搞到爸爸說要去警察局報案，我才把實話說出來，再一次被打得亂七八糟。

我曾經跟外婆說我要跟同學去圖書館看書，結果我跑去打電動，打到過了晚餐時間還沒回家吃飯，外婆很著急地跑到圖書館找我，好死不死當天圖書館休館，回家後的命運不需要多講，我又一次被打得亂七八糟。

我曾經跟老師說我肚子痛兼頭痛兼手腳都痛兼全身痛痛痛，裝出一副快死掉的樣子向老師請假，老師准假之後目送我走出校門口；而我，一離開老師的視線立刻就什麼都不痛了，還直接奔往電動玩具店，結果當天晚上老師打電話問我媽媽我有沒有好一點，事跡敗露的結果，讓我再次被打得亂七八糟。

我舉這些例子不是要勸說各位不要去打電動，而是想驗證，當我們都還只是個孩子時，一定都曾經說過謊。

那長大後的我們就不說謊了嗎？

曾經，好朋友甲找我一起到海產店吃吃小菜喝點小酒，我告訴他我有工作在忙，沒辦法陪他一起去喝酒，但其實當時我跟某個女孩子在汽車旅館裡，正準備要洗澡。

曾經，好朋友乙打電話給我，說他突然急需一筆錢，要我周轉他五萬塊，我告訴他，雅芬管我的錢管得很緊，我沒辦法借他，但其實我的錢永遠都在我的掌握中，我銀行的存款金額是五萬塊的二十倍。

曾經，好朋友丙要我跟他一起去打高爾夫球，我告訴他，我正在跟朋友講正事，但其實我那個時候宅在家裡，跟某個正妹ＭＳＮ。

曾經，好朋友丁要我去他家一起吃晚飯，他說丁太太的廚藝終於有了大大的進步，我告訴他我沒辦法去，因爲我人在高雄，但其實我已經買好電影票，正坐在威秀影城外面的椅子上等開演兼看辣妹。

曾經，中誠打電話來，要我跟他一起去某間新車展示場看新車發表，我告訴他我發燒生病，但其實我在家裡玩 X-Box360 的三國無雙，那時我正在打全天下最無敵勇猛的狂將呂布。

順帶提一個小祕訣，打呂布的時候，如果跟他硬碰硬，肯定會在兩秒鐘之內被秒殺，所以玩家可以直接騎馬撞死他，不過大概要撞個二十次，才能把他撞到陰曹地府去。

抱歉，我離題了。

長大之後的我依然在說謊，所以請原諒我直接預設了其他人的立場，我相信長大後的每個人依然保持說謊的習性，大家都一樣。所以，回首活了三十個年頭的我，除了還不會說話，和還不知道什麼是說謊的孩提時期，我已經說了二十多年的謊了。

我對很多人說過謊，包括我的家人、我的朋友，還有我的女人。

對女人說謊其實是一種自殺的行爲，但很慶幸地是，我還活著。不過自從我看見女人被欺騙之後，所流下的眼淚比任何時候都要滾燙時，我就告訴自己，我該對她們絕對地誠實。

那也是對自己誠實。

07

大二上學期，我遇到一個女孩子，她是一個轉學生。

她長得有點嬌小，比我們班上的每一個人都要大一歲，她有一雙老一輩的人口中的鳳眼，還有一張像老媽子一樣會碎碎唸的嘴巴。

「徐昱杰，你忘了刮鬍子了。」

「徐昱杰，你這件衣服昨天穿過了，你沒洗澡是嗎？」

「徐昱杰，你爲什麼吃飯都吃不乾淨，你知道暴殄天物會被雷公劈嗎？」

「徐昱杰，你爲什麼沒來上課，老師點名了你知道嗎？」

因爲我常常被她唸，久而久之就習慣了。

半個學期過了，我和她日漸熟稔，也習慣了彼此的某些個性和說話方式，因爲同學們都覺得她對我特別關心，所以每一次出去玩，都把她分配到我的車子上。

還好她長得嬌小，不然我的小五十可能沒辦法載著她上山下海。

說實在的，我並不覺得她特別關心我，因爲她會對著所有同學碎碎唸，不只是男生，女孩子習慣太差，她看不過去也會碎碎唸。

因爲她姓曾，我們給她取了一個綽號，叫曾老媽。她一開始非常不喜歡這個綽號，但叫久了，她也就沒再抗議。

曾老媽的嘴巴一直是我最喜歡的部位，即使她時常在碎碎唸。或許是因爲她的聲音好聽，說話字正腔圓，所以她每次對我碎碎唸，我都會盯著她的嘴巴看。那是一張有點像心型的嘴巴，嘴唇永遠都是淺淺的橙紅色。

有一次學校辦舞會，晚上八點開舞。曾老媽要我到她住的地方載她，因爲她的摩托車被借走了。

我在她的住處外面等了半個多小時，蟑螂踩死了幾隻，蚊子打扁了一整排（「排」是部隊使用的單位，一排大約有三十個人），鏡子照了好幾次，鼻屎挖了幾坨。就在我瞄準第三十一隻蚊子時，她從五樓的窗戶探出頭來，「徐昱杰，上來幫我看我該穿哪一件衣服。」話說完，她的頭很快地縮回屋子裡，幾秒鐘之後，她宿舍的大門就啪嚓一聲地開了。

我沒有到過女生宿舍，雖然這並不眞的是學校宿舍，而是附近人家改建，專門租給學生的房子，但因為一整棟樓住的都是女孩子，所以還是令我覺得，走進來的感覺很奇妙。

一進門就看見一隻黑狗，牠被一條狗鍊綁住，拴在角落。黑狗見我走進來，就一直盯著我看，我很怕牠突然叫出聲，或是衝上來咬我，所以我一邊示好，一邊往裡面的樓梯移動。

「小白乖！小白乖！我叫徐帥，這名字你一聽就知道是靠臉吃飯的，所以如果你有咬我的打算，拜託別咬臉，我們先說好啊。」一邊跟牠說話一邊緩步前進，我期待我耍白爛式的幽默可以為牠所接受。

開始上樓梯之後，才是整個奇妙感覺的開始。

我原以為女孩子的宿舍應該都是非常乾淨、一塵不染的，沒想到我看見的畫面卻完全不是這個樣子，那一連串的驚嚇至今我仍記憶猶新，彷彿歷歷在目。

走沒幾階樓梯，就已經有好幾雙襪子，像被蹂躪過的奴隸一樣癱在階梯上，有些則像是屍體一樣掛在樓梯的邊緣，這些屍體花花綠綠的，好不壯觀。到了二樓，我聞到好幾種味道參雜在一起的怪味，有時候香，有時候酸，本來應該在浴室門口的擦腳布已經離浴室很遠了。三樓的房間門都沒關，從半掩的門看進去，裡面的擺設像是戰爭過後一樣凌亂不堪。四樓跟五樓的樓梯間有好幾包垃圾，裡面都是麥當勞跟肯德基的屍體。

曾老媽站在五樓的樓梯口看著我，她雙手叉著腰，那雙鳳眼微瞇，露出淺淺的笑。

「嚇到了是嗎？」她說。

「啊？什麼？」我一時沒意會過來。

「你的表情告訴我，你嚇到了。」

「喔，還好啦，跟男生宿舍比起來有好一些，只是一直以來，我都覺得女生宿舍應該很乾淨整齊，所以我……」我傻笑著。

「女生也是有生活習慣很差的。」她說。

「喔，說得也是。」

這時我才眞的踏到五樓的最後一層階梯，踩在地上的感覺跟剛剛一路上來的感覺完全不一樣，接著走到她的房間，我才眞的看見什麼叫作整齊。

「跟樓下的災難現場比起來，妳這裡眞像是天堂。」

「呵呵呵，」她笑了出來，「我只是習慣比較好。」

「妳要我看什麼衣服？」

「這兩件。」她拿起兩件衣服，掛在我面前。

「嗯……」經過五秒鐘的考慮，我說，「左邊這件。」

「右邊的你不喜歡？」

「右邊這件看起來有點拘束，妳還是適合輕鬆一點的樣子。」

「好，那我就穿左邊這件。」

「喔。」我點點頭。

然後我不知道該幹麼，所以我站在原地。她則是收起右邊的那件衣服，然後轉頭看著我。

「我要換衣服了。」好幾秒後，她開口。

「啊！喔！」我吐了吐舌頭，離開了她的房間，然後很快速地穿過災難現場，到了我的機車旁邊。

然後我又在我的機車旁邊等了十分鐘，這次生意比較差，只打了幾隻蚊子，蟑螂則是一隻都沒上門。

載她到學校時，舞會早就已經開始了。才到會場門口，曾老媽就被我們班上的女孩子拉走，很快地消失在人群裡。我走到附近的販賣機，買了一瓶可樂，然後回到舞池旁邊。因爲我不會跳舞，所以我只能在旁邊看，這時遇到幾個班上的男同學，找不到舞伴的他們便和我一起在舞池邊聊天打屁。

幾首快歌之後，DJ播了一首邰正宵的〈想你想得好孤寂〉，這首歌我很熟，閒著無聊，便張口跟著唱，就在我唱到「夜夜醒到天明」這一句時，曾老媽突然出現在我面前。

「陪我跳這支舞。」她拉住我的手，往舞池走去。

「我不會跳舞。」我說。但是她似乎沒聽到。

然後就是一整個很尷尬的畫面和感覺，因爲我從來不曾跟曾老媽靠得這麼近。整首歌下來，我們說沒幾句話，大部分的對話都是「啊！」、「嗚！」、「唉呀！」，因爲我一直踩到她的腳。

接下來的第二首慢歌是郭富城的〈我愛你〉，國中時候的我非常喜歡這首歌，所以對歌詞也是倒背如流。但因爲我的雙手在曾老媽的腰上，她的雙手在我的肩膀上，我們的額頭與額頭之間大概只有五公分的距離，所以我只敢在心裡跟著音樂唱著，不敢哼出來。

一直到這首歌播完，我們還是沒說幾句話，不過這一次「啊！」、「嗚！」、「唉呀！」的對話減少許多，我大概已經抓到了搖擺的節奏和幅度。

「眞是對不起，我剛剛一直踩到妳的腳。」我說。

「沒關係，你現在跳得不錯了。」

「我不覺得我在跳舞，我只是在晃動我的身體。」

「這樣也無妨啊。不是舞林高手，也可以進舞池的，只要開心就好。」

「其實我很緊張的。」

「嗯，我感覺得出來。」

「妳都不緊張嗎？」

「我比較會掩飾吧。」

「我們沒有貼這麼近過，感覺有點怪。」

「你覺得不太舒服嗎？」她抬頭看了我一眼。

「不會，不會，我不是這個意思。」我搖搖頭。

「不然呢？」

「我是說，跟不是女朋友的女孩子貼這麼近，我會不好意思。」

「我也會不好意思啊。」

「那妳爲什麼會找我跳舞呢？」

「因爲我要求你載我來，禮貌上，我該請你跳幾支舞的。」

「那我可不可以問一個比較尷尬的問題？」

她又抬頭看了看我，頓了一會兒，「嗯。」她點點頭。

「我可不可以去尿尿？」我說。

這泡尿來得真是時候啊！

08

那天晚上，曾老媽睡在我的床上，我睡在她的右邊。原本她睡的位置上放著一隻很大的史奴比，那是我去夜市丟圈圈丟到的獎品，這天晚上她把史奴比壓在她的屁股下面，我似乎聽見牠的哀號。

原本我是眞的想把她載回她的宿舍，但是到了她的宿舍門口之後，她卻死不下車。我們就這麼在原地玩了好幾十次的剪刀石頭布還有數字拳，在沒說好輸贏條件的情況之下，猜拳跟划拳變得很沒有意義，只看見兩個跟白癡一樣的傢伙在那裡「十！五！二十！沒有！沒有！十五……」地喊個不停，就在快玩不下去時，我叫她下車，說我要回去洗澡了，沒想到她居然很自然地說：「走啊。」

這讓我呆在原地好幾秒鐘，我回頭看看她，她則用一副「幹麼不走」的表情回應我，令我有些不知所措。有那麼幾秒鐘的時間，我眞的很想問她「妳確定」，但是我怕她回問我「確定啥」，那我就會回答不出來。

好吧，我承認，在騎車回我宿舍的路上，我承認我想過，是不是該在便利商店停下來買保險套。

因爲我當時還是個處男，關於男女上床那檔事的知識都是從A片裡面學來的，如果眞的要發生什麼事的話，我可能會愣在當場。講白一點，就是脫了內褲之後，我就可能只有發呆傻笑的份。但在這個節骨眼上擔心自己會不會做那檔事還太早了，我該擔心的是，如果我眞的在便利商店停下來的話，會不會被她看穿我的邪惡思想？但其實我眞正擔心的是，如果今晚眞的發生了事情，我沒保險套怎麼辦？

然後一間全家便利商店就這樣過去了，在看見全家的同時，我一度把手放到煞車把上，但卻沒有勇氣握下去，就這樣，全家在呼呼的風聲之中，沉默地對我說再見。

然後，第二間萊爾富就在幾十公尺前了，我二度把手放到煞車把上，心裡的掙扎比剛剛經過全家時更激烈，但激烈沒用，勇氣才是重點，於是萊爾富也在呼呼的風聲之中，沉默地對我說再見了。

然後第三間，也就是到我宿舍前的最後一間便利商店，7-11就在下一個轉角了，這時我才眞正體會到，能聽見7-11那自動門打開的叮咚聲，是一件多麼幸福的事情。我第三度把手放到煞車把上，視線一直盯著7-11不放。

「剩二十公尺！」

「剩十五公尺！」

「十公尺！」

「五公尺！」

「啊……7-11拜拜……」

我心裡的OS像在宣判我的死刑，那一句句倒數距離的OS，像戰地深夜裡被轟炸機炮轟的聲響那樣轟隆隆，勇氣到用時方恨少，這話是眞的。當7-11從我身邊閃過，門口那一盞一盞亮白色的日光燈，就像黑夜裡的火光一樣，溫暖著我的心，吸引我駐足停留時，我卻只能當個孬種，沒勇氣停下機車，走進去買保險套。

「徐昱杰，你爲什麼騎這麼慢？」這時曾老媽說話了。

「啊！」剛被轟炸機炸過的我，腦子裡一片斷垣殘壁。

「你騎這麼慢幹麼？」

「呃……因爲……」我絞盡腦汁，「因爲今天的夜色很美，天空晴朗，我希望能在這晴朗的夏夜，慢慢地吹著晚風，享受大自然的撫摸。」

「喔？」她看了看天上，「想不到你有這麼浪漫的一面。」

「妳這笨蛋！沒勇氣停車買保險套是哪裡浪漫！」當然這句話我並沒有說出來，我又不是不要命了。我心裡的OS再一次轟炸我，這時我差點為了保險套掬一把男兒淚。

將機車停放在宿舍樓下時，曾老媽走過來，看了看我的臉，「你怎麼哭啦？」我連忙把臉別開，「剛剛騎車時有蚊子飛進我的眼睛啦。」

然後我去浴室洗澡，她留在我的房間裡看電視。還好我住的地方不是套房，洗澡得到共用的浴室去，不然我真的很擔心，我洗完澡時，裹著浴巾、雙唇嬌嫩欲滴地走出浴室的樣子被她看見，我就「一世人撿角」了（請用台語唸）。

當我在浴室穿好衣服，將髒衣服丟進頂樓的洗衣機裡時，我還在緊張著，因為我不知道孤男寡女共處一室的，兩個人該聊些什麼，做些什麼。於是我絞盡腦汁，想著房間裡有沒有什麼東西是可以兩個人玩的，有東西轉移注意力，應該比較不尷尬吧？

我想到我的電腦，裡頭有一些遊戲，還有大富翁，我想她應該可以用金貝貝跟沙隆巴斯PK，看誰先幹掉誰。不過她在玩遊戲時我要幹麼？看她玩嗎？所以這個計畫不好。

我想到我有一個魔術方塊，四乘四的，共有六面，上頭有黃藍紅綠白黑六種顏色，我想她可以玩這個魔術方塊，把相同的顏色都轉到同一面去。不過她在轉的時候我要幹麼？看她轉嗎？這個計畫跟上一個一樣失敗。

我想到我有一副撲克牌，而且還是高級塑膠撲克牌，一副要一百五十元，不過錢不是重點，重點是我可以跟她玩梭哈或是接龍，那我就不會在旁邊無聊了。可是如果她說她想玩大老二，我怕我會想歪……好吧！我承認，我一定會想歪，所以玩撲克牌的計畫還是等到沒辦法了再拿出來吧。

我想到我有一部VCD，是一段關於奇幻與冒險的故事，我可以拿出來跟她一起看……啊！不行，那部片子裡有男女主角親熱的火辣鏡頭，我怕她會把持不住……好啦！我承認是我會把持不住。

當我什麼避免尷尬的方法都想不出來，但人卻已經站在房間門口時，頭髮還在滴水的我，想進去用吹風機吹乾頭髮，卻不敢開門。

做了好一會兒的心理建設，我終於鼓起勇氣開門走進去，只見曾老媽依然坐在原地看電視，「洗好啦？怎麼男生洗澡洗那麼久啊？」她的視線還是盯著電視畫面。

「今天要洗的地方比較多。」我說。

「啥？什麼意思？」

「沒事，沒事，我亂說的。」我吐了吐舌頭。

然後我走向放吹風機的地方，「我把頭髮吹一吹就載妳回去吧。」我拿起吹風機，回頭對她說。

然後她看著我，我打開吹風機，轟轟轟的聲音蓋住了她的回答，我只看見她那張很漂亮的嘴巴在動，但我聽不見她說什麼。

「妳說什麼？」我把吹風機拿遠。

「我說，我想在這裡多留一會兒。」

「爲什麼？」說完，我把吹風機拿回來繼續吹頭。

她的嘴巴一開一合一開一合的，不知道在說什麼，我又把吹風機拿開，「妳說什麼？」

「我說，我回去也無聊啊。」

「爲什麼無聊？」說完，我又把吹風機拿回來吹頭。

她的嘴巴又一開一合一開一合的，不知道在說什麼，我再把吹風機拿開，「妳說什麼？」

「我說，因爲我室友都不在，我回去會無聊，而且我想多陪你啊。」

「爲什麼要多陪我？」說完，我又把吹風機拿回來吹頭。

她這次沒有說話，她的嘴巴沒有一開一合，她看著我一會兒，走過來，把我的吹風機拿走，然後把它關起來。

「因爲我喜歡你。」她說。

我的天！我在努力避免尷尬，妳卻在製造尷尬！

09

這時候如果我再把吹風機拿回來，然後打開的話，就不是普通的白目了。最白目的是，把吹風機拿回來之後，還對她做一個鬼臉，然後大笑三聲，說：「別鬧了，妳不是我的菜。」那就眞的是白目到一個王八蛋的地步。因爲我不是白目，所以我只是愣在原地，怔怔地看著她。

「我很想再問一次妳剛剛說什麼，但其實我聽得很清楚。」我說。

「你想再聽一次，我可以再說一次。」

「啊……」我搖搖頭，「不用了，我眞的聽得很清楚。」

我試圖擠出一些笑容，但我感覺我的臉部表情非常僵硬，每一個毛細孔都像是被灌滿了水泥一樣，移都移不動。我敢說，如果當時我的面前有一面鏡子，我看見的絕對會是一張笑得很白癡的臉，像陳水扁當上總統時那副暗爽的表情。

我這麼說沒有挖苦陳水扁的意思，我只是舉一個大家都常看見的，那笑得很白癡的例子，幫助大家想像而已。

不過坦白說，我並沒有暗爽，被曾老媽告白純屬意外，而且我眞的非常震驚。在今晚之前的所有相處過程中，我並沒有感受到她對我懷有任何特別的心情，即使有些同學曾經告訴過我，他們覺得曾老媽對我特別關心，但那也只是他們的猜測罷了。

我曾經幻想過，會有一些美女向我告白，例如布萊德彼特的前妻珍妮佛安妮斯頓、台灣名模林志玲，或是港星李嘉欣，但我從不曾想像曾老媽向我告白的這一幕。

我發現，被告白之後傻在原地的人會感覺到周遭每一個空氣分子的變化，我幾乎可以聽見我跟她之間的鼻息，我幾乎可以細部分解她那雙鳳眼正在閃動著凝視我的移動軌跡，甚至我能聽到她吞嚥口水時那唾液緩緩流過食道的聲音，即使那軌跡根本不可能被分解，那聲音根本不可能被聽見。

後來我發現，原來這些不可能，就是愛情的流動。

她輕輕地向前一步，然後把頭靠在我的左胸膛，我以爲她會說些什麼，但是她沒有。我的呼吸比平常更深，卻也更快。我看著靠在我胸膛上的她的髮際，我的呼氣吹動她的髮梢，整個鼻腔裡都是她的髮香，還有她唇舌之間的味道。

是的，我低頭吻了她。媽的，我低頭吻了她！

在我慢慢慢慢低頭，使用脖子移動頭部的這段過程中（我發誓，我的動作眞的很慢），我以爲她會閃開，喔不！應該說我相信她絕對會閃開，至少是往後退一步。但當我的唇滑過她的額緣，我感覺她呼吸開始急遽；當我的唇滑過她的臉頰，她輕輕地把她的頰往我的唇上靠；當我的唇接近那張我很喜歡的她的嘴巴，她閉上了眼睛……

事情就這麼一發不可收拾了。

我們像是探險一樣，試圖在彼此的唇上找尋某個甜蜜點，她柔軟的雙唇讓我覺得，像是在下雪的寒冬，替自己穿上厚重的大衣一樣溫暖，每一次四唇相接的黏膩聲，都像是透過超高級的立體聲喇叭傳出，而後在耳畔迴盪，我把手環在她的腰際，我感覺到她在輕輕地顫抖著。

這時的我依然保有一些理智，即使體內的某種激素正在撒野，它要我無禮地攻擊我正環抱著的這個異性的身體，但我心裡的白天使不停地勸退我：「不可以！徐昱杰，你必須冷靜下來。」

但曾老媽突然悄悄地張開嘴巴，那沾著微甜唾液的舌頭滑進我的口中，白天使瞬間被秒殺。

在這一陣翻騰與攪動當中，我似乎開始耳鳴，好像世界上所有的聲音都突然變小，我只聽得見她的呼吸，我只聽得見她的喘息。

她原本輕輕擁著我的雙手開始慢慢地收緊，愈來愈深的舌吻使得她不自禁地發出呻吟，突然她把她的唇舌抽離我的唇舌，「我有一種快喘不過氣的感覺。」

這個舉動和這一句話讓我嚇了一跳，「對不起……」我說，並且試圖讓自己離開她的擁抱。

「不，不是，」她沒有放開我，「我的意思是，我的心跳快要超過負荷。」

「我也是……」我點點頭。

「你的唇像女孩子的一樣柔軟。」她說。

「我喜歡妳的味道。」我說。我不敢相信我竟然這麼說。

在激吻的過程中，要把對方的衣服脫掉是一件非常不簡單的事，我開始不相信那些電影裡演的畫面，男主角怎麼可能在兩人激情擁吻的同時，脫去對方的衣服，甚至還能同時把自己的衣服給脫了？

我不敢相信，她竟然沒有阻止我掀開她的上衣；我不敢相信，她在我把她的上衣拉到脖子一帶時，竟然自己主動脫了衣服；我不敢相信，她竟然沒有阻止我把手放在她的胸部上：我不敢相信，她竟然沒有阻止我脫掉她的內衣；甚至，當我們把戰地轉移到我的床上時，她竟然沒有阻止我拉開她褲子的拉鍊。

這時候別說是白天使了，我想就算是上帝突然出現在我身邊，要我停止攻擊，我都不可能會被勸退的。

但突然間不知道爲什麼，我跟她同時停止了所有的動作，她慢慢地睜開原本已經緊閉的雙眼，激情的擁吻使得我們的唇邊都留下了對方的口水，那是一種情慾的催化劑，像是某些毒品一樣，吃了就會上癮。

「我們……該繼續嗎？」她抿了抿嘴唇，輕輕地問著。

「什麼？」

「我是說，再脫下去，我們眞的會發生事情。」

「嗯，我知道。」

「你的語氣聽起來像是有這樣的打算。」

「坦白說，」我點點頭，「我剛剛確實有不想停下來的打算。」

「爲什麼我們會這樣？」

「什麼？」

「其實我該問自己，爲什麼我會允許你這樣？」說完，她直直地看進我的眼睛裡。

我突然不知道該對她說什麼，這一切原本就不在我的計畫和預料當中，原本我今天就只單純地打算去參加舞會，然後在舞會結束之後載她回宿舍，原本就不應該在她宿舍樓下玩那愚蠢的數字拳，原本就不應該答應讓她來我的宿舍等我洗澡，原本就不應該親吻她，原本就不應該脫掉她的衣服，原本就不應該拉開她褲子的拉鍊。

或許我應該說，她原本就不應該喜歡我。

「你喜歡我嗎，徐昱杰？」她問。

這個問題有非常強勁的力道，它非常沉重地撞擊著我心底的深處，在那一瞬間，我把自己感情觀上的所有對與錯都拿出來翻想了一遍，如果我想親吻她，那是不是代表我喜歡她呢？

不，不是，因爲我原本就是個膚淺的人，我對她根本就不曾有過愛情，會親吻她，會激情地褪去她的衣物，其實只是我膚淺那一面的正常表現，把這個表現拿到愛情裡來說，我根本就是個王八蛋。

「沒關係，我會給你很多時間去想，就像我給自己很多時間去思考，我是不是眞的喜歡你一樣。在你想清楚是不是喜歡我之前，我們剛剛所發生的一切，都是我心甘情願的，你不需要多想什麼，好嗎？」她伸手撫摸我的臉，微笑著說。

這是她給我的寬容。

然後她穿回已經被我脫掉一半的牛仔褲，已經被我丟到旁邊的內衣，已經被我甩到地板上的T恤，然後躺到我的床上，壓著我的史奴比，「晚安，我今天一定要睡在你旁邊，請你原諒我今天的任性。」她說。

我像是被人朝著心臟狠狠地開了一槍，她剛剛給我的所有寬容，都只是更凸顯我面對愛情時的荒唐行徑而已。

「你喜歡我嗎，徐昱杰？」

「對不起，我不喜歡。」

10

之後幾天，曾老媽刻意跟我保持一些距離，應該說是我刻意跟曾老媽保持一些距離，不知道爲什麼，我時常想起那天晚上我跟她之間的激情，隨之而來的，是一陣又一陣的歉疚。

我喜歡她的眼睛，喜歡她的嘴巴，可惜的是，我並不喜歡她的人。

我的意思是說，我對她沒有感情方面的喜歡，我對她的好感並沒有萌生出愛情的種子。

我把那天晚上的事告訴中誠，當然那其中的細節我並沒有描述，不過他是個王八蛋，他問我曾老媽的胸部大不大。

「幹。」這是我的直覺反應。

「嗯，可見已經發展到脫衣服的地步了。」這是他的回應。

中誠覺得我會對曾老媽感到歉疚是很正常的，他說我還保有一些道德感，就像古時候不小心看見女人的裸體就該負責一樣的道德感，只不過我的道德感是薄弱的，因爲我不只看見了女人的裸體，我還嘗試去觸摸、親吻那個裸體，在那個裸體說沒關係我並不需要負責的時候，我還一點表示都沒有。

「搞清楚，我的歉疚可是非常眞實的。」我辯解著。

「那只是你最後一點做人的良知啊，兄弟。」中誠只涼涼地回了這一句話。

只是，又過了幾天之後，我跟曾老媽還是把那天晚上沒做完的事情給完成了，我不再是個處男，雖然她本來就不是處女。

「我在十九歲那一年，把我的第一次給了我的前男友。」激情方歇，我們聊起了某些過去。「那時他正要去當兵，即將分離的苦痛，使得那天晚上的我們都失去了理智，被某些情緒引爆後的感情，使得我把女人該有的矜持抛在腦後，那時，我滿腦子只希望他能擁有我，只希望能被他擁有。」

「妳爲什麼跟我說這些？妳後悔當時的決定嗎？還是後悔……現在的決定？」

「不，我從沒有後悔過，」她的眼神透露出堅決。「不管是他還是你，我都沒有後悔過。」

但她是不是處女並不是重點，重點是我沒有準備保險套，我根本就沒有預料到她會在那個雨下得很大的晚上，站在我的宿舍門口大哭，然後在我一開門時用力抱住我，她早就已經濕透的衣服黏在我的衣服上。

「我眞的很想你，每天，即使我天天都能看見你，」她抱著我，不停哭泣，「可是我感覺得出你在疏遠我，就像剛認識的朋友，就像我們一點都不熟。」

「我沒有在疏遠妳。」我說。

「有，你自己知道的，你在跟我保持距離。」

「我……」我躊躇了一會兒，「我還沒有想清楚。」

「我不管你要花多少時間想清楚，但我希望至少我們能像以前一樣親近，就算你最後的決定是我們只能當朋友，我都希望你我之間不會因爲我喜歡你，而有什麼改變。」

我拿了一套乾淨的衣服讓她換上，要她先去洗個澡，免得感冒了，畢竟她眞的是全身濕得不像話。

趁著她在洗澡，我走到頂樓抽菸，坦白說，我是怕我留在房間裡，看見她洗完澡之後那副身香體芳的樣子，會再度刺激我的某種欲望，然後就像那天晚上一樣，落了個一發不可收拾的下場，畢竟對一個男生來說，女孩子的身體有著極大的吸引力。

當我拿出菸，正準備點上的時候，雨剛好停了。秋天晚上的風涼涼的，不似夏天夜裡的溫暖。我吸了一大口菸，然後慢慢地吐出來，在這一呑一吐之間，那空氣中的味道，彷彿滲著一點點花香，那個香氣，像是紛飛身上慣有的氣味。

某一次，我跟紛飛相約散步，我們選擇了一個有好多涼亭的公園，每經過一座涼亭，我們就停下來，坐著欣賞那天晚上的星光。有時候我會點上一根菸，而紛飛只是看著我點菸，微微笑著，並沒有說話。

有一次，她在我剛點好菸之後，一把把菸從我嘴裡奪過去，然後自己吸了一口，隨即吐了出來。她吐出來的煙非常混亂，一團一團的，我說她並沒有眞的把煙吸進去。紛飛說她不會抽菸，我笑了一笑，「不要學會比較好。」我這麼回答。

「眞的把煙吸進去的話，吐出來的煙會是怎樣的呢？」她問。

「眞的把煙吸進肺裡的話，吐出來的煙會是直的，不是一團一團混亂的。」

「直的？」

「把菸給我，」我伸出手去，「我示範給妳看。」

當我接過菸，把菸嘴放到嘴唇上時，我聞到一絲絲的花香味，跟紛飛身上的味道很像。

「夏日，你爲什麼要抽菸呢？」她歪著頭問我。

「妳不希望我抽菸嗎？」

「不，不是的，」她搖搖頭，「我只是要知道爲什麼。」

「其實我也不知道，」我跟著搖搖頭，「第一次遇見妳的時候，我剛學會抽菸，妳的暱稱出現在聊天室時，我正好點上一根菸。」

「所以你要說你會抽菸都是我害的囉？」

「沒有啦！」我笑了出來，「我會抽菸是那間網咖的老闆害的。」

「他教你抽菸嗎？」

「嗯，」我點點頭，「有一天他拿出一根菸，放在我面前，我對他揮手表示我不會，他說，點了再說吧，上帝才能決定你的靈魂需不需要尼古丁。」

「上帝決定你需不需要尼古丁？」她的表情有些訝異。

「很新奇的說法吧。」我看著她，「我聽見這樣的論調時，也覺得很新奇，我心想，菸是人抽的，爲什麼會是由上帝決定人需不需要尼古丁呢？」

「是呀，很新奇的說法。」

「後來老闆糾正我，他說，上帝不是決定你需不需要尼古丁，而是決定『你的靈魂』需不需要尼古丁。」

「喔？」她像是懂了些什麼，「所以重點是靈魂囉？」

「嗯，重點是靈魂。老闆說，每個人都能輕易地學會抽菸，但會持續抽菸，歸根究柢，都是上帝害的。」

「上帝害的？」

「嗯，因爲上帝在造這個人的時候，剛好點起一根菸，這個人的靈魂聞過了菸味，使得他在人間時會尋找或是嗜求這個味道。」

紛飛對這個說法大表贊同，她甚至爲這個說法做了更多的補充，她說因爲上帝自己也是個老菸槍，所以祂才會與人類一起分享菸草這個原本屬於祂私人的收藏，因爲某些人在「製成過程」中，受了祂的煙燻，使得靈魂染上菸癮，上帝理所當然必須負起這個責任。

但這個說法聽在曾老媽的耳裡，卻成了一個無聊至極、陷上帝於不義的藉口，是一個抽菸抽上癮的人，爲自己不想戒掉這個壞習慣所找的藉口。於是我熄掉手上的菸，任由曾老媽將我拉回房間。

這是她第二次睡在我的房間裡，也是最後一次。壓在史奴比身上兩個小時之後，她轉頭過來親吻我，一直到我們都脫光了彼此的衣服，我才鼓起勇氣對她說：「我沒有經驗，而且我沒有保險套，我們最好不要繼續……」

她並沒有讓我繼續說下去，她只是很認眞地親吻著我，一直到我們終於把事情做完了，她才靠在我身上對我說：「我要的不是你的經驗，而是你的愛。」

就這樣，一直到大二結束了，大我兩歲的紛飛也畢業了，我都沒有給曾老媽任何答案。

「幸好，我沒有在破了處男之身後立刻當爸爸。」這是我知道曾老媽並沒有因爲跟我上床而懷孕之後的反應。

對，我並不喜歡她，但我跟她上床。

對，我膚淺，我可惡，我是個王八蛋。

媽的，我是個王八蛋。

11

雅芬說，她從來都沒想過，自己竟然會談辦公室戀情。不只是因爲人言可畏，更主要的原因是，當兩個人的相處出現問題，或是不再相愛，那麼是誰該換工作呢？所以她覺得最好不要發生辦公室戀情，不然爲了愛情飯碗難保，一點都不值得。

「但是，我卻栽在你的手裡。」她面帶笑容地凝視著我的雙眼。

「幹麼說栽？」

「因爲我不認爲我會談一場辦公室戀情，但我卻沒辦法逃開你。」

「我們不算辦公室戀情。」我搖搖頭。

「爲什麼？」

「因爲我們的辦公室不同，同事不同，單位不同，樓層不同，上司也不同。」

「那我問你，」她突然認眞了起來，「如果我們結婚了，你的同事、你的單位、你的樓層、你的上司會不會來參加？」

「照理說，會。」

「那我的同事、我的單位、我的樓層、我的上司會不會來參加？」

「照理說，也會。」

「嗯，那就是了，」她點點頭，「我們是辦公室戀情。」

雅芬跟我在一起之後，她從不吝嗇在別人面前提起我的事情，和一堆女同事聊到男朋友或老公的話題時，她總是會誇獎我的優點，並且告訴那些已婚或未婚的女人，徐昱杰是她等了很久終於等到的好男人，她說我會替她買消夜；我會爲她洗衣服；我會幫她腳底按摩；我會在她想喝幾杯的時候，載她到 Pub 享受悠閒的情調，讓爵士樂跟酒精一起在腦袋裡發酵；我會聽她發牢騷；我會陪她拿著一顆地球儀亂轉，然後指著上面某一個連飛機都飛不到的地方說：「我們一起去這裡。」我會在她要喝熱湯之前，先把湯吹涼一點，以免燙著了她；我會在她心情沮喪時，說些笑話逗逗她；我會在她生理期時，準備幾顆濃度七十二%的巧克力在身上；甚至，我會在她有任何生理需求的時候，滿足她的欲望，即使是清晨，即使是半夜，即使我已經跟周公下了第十盤棋。

「哎呀！雅芬呀，妳眞是撿到寶啦！」她的同事甲說。

「唷！雅芬啊，昱杰眞是個好男人啊！」她的同事乙說。

「你們眞是令人羨慕啊！」她的同事丙說。

「好不容易遇到這種好男人，就快點跟他結婚把他綁住，免得被他給跑囉！」她的同事丁說。

好幾次，跟雅芬一起出門時，在她的車上，她都會告訴我她跟同事聊天的內容，包括以上那些客套話。當然，我只能笑一笑，對我來說，那些客套話眞的很客套，她們其實不認爲我是什麼好男人。

「妳爲什麼不告訴她們我的缺點？」

「爲什麼要告訴她們你的缺點？」她不解地反問。

「每個人都有缺點，這很正常，妳把我的缺點告訴她們，那她們就不會再說這樣的客套話了，不是嗎？」

「既然每個人都有缺點，那優點是不是就顯得更珍貴了呢？」她轉過頭來笑著說。她總是有辦法把話說得讓我無法反駁。

「但我並不認爲我是好男人。」我說。

「我也不認爲呀，」她歪著頭，一臉俏皮的笑容，「你確實不是好男人，但你是我愛的男人。」

是啊，我不是好男人，不管雅芬愛不愛我都一樣，我確實不是好男人。

我在雅芬決定要跟同事參加韓國旅遊團時，嫌惡她的選擇，只因爲我非常討厭韓國人；我在雅芬跟她的同事決定，要一起去某家貴到不行又弄得不好看的髮廊，把她美麗的長髮燙捲，並且染成褐色的前一天晚上跟她吵架，只因爲我認爲那是一個愚蠢的舉動，誰會花幾千塊錢把自己變醜呢？我在雅芬爲了給以前的朋友捧個場，所以買了一大堆直銷用品的當天大動肝火，罵她是個白癡，要當好人也不是這種當法；我甚至在雅芬說「我們把財務分配好，車子我買，房子你買，我的車子就是你的車子，你的房子就是我的房子，你可以用我的車子，我可以住你的房子」這些話之後，給了她一個不太好看的臉色，只因爲我覺得她爲什麼可以自作主張地把我放進她的未來裡呢？我根本沒想過跟她有未來呀！

因爲我自己知道我有多壞，所以我不相信我是個好男人。跟雅芬在一起之前，我有過一段非常不正常的人際關係。

我說的是感情關係。而這段不正常的時間一共歷時兩年，這兩年裡，感情對我來說就像是免洗餐具，用過就可以丟了。

我曾經在路上撿到一支手機，經過一些輾轉的過程，我把手機當面還給了它的主人，在那之後的幾天，那支手機的主人睡在我的床上，當然，她是沒有穿衣服的。

我曾經在國中同學會裡，看見以前長得不怎麼樣的同學突然女大十八變，變得亭亭玉立優雅動人，在追問之下發現她已經有了男朋友，但我還是橫刀奪愛，把她搶過來，結果在一起沒幾個星期，就因爲個性相差太多而分手。

我曾經在以前某個女同事的桌上留下情書，上面寫了很多我已經仰慕她許久，想跟她在一起的話，就在她對我說「我願意跟你在一起」時，我告訴她，我只是開玩笑的。她的眼淚在眼眶裡打轉，「爲什麼要這樣？」而我只是輕描淡寫地說：「我以爲妳不會理我。」

我曾經在某個捷運站出口跟當時的女朋友談分手，她哭到不能自己，我卻狠心地搭上手扶梯離她而去，然後在幾分鐘之後的捷運列車上，認識另外一個女孩子，並在心裡暗自慶幸著，「還好我剛剛已經分手了。」

曾經覺得「愛情遙不可及」、「愛情是神聖的」、「愛情是心靈的交流」的那個我，早就已經不知道死到哪裡去了。

他在什麼時候死去？又是怎麼死的？爲什麼會這樣呢？到底是什麼原因呢？坦白

說，我自己也在找答案。

於是我時常在深夜裡，一個人喝著啤酒，看著天花板上昏黃的小夜燈，然後一層一層地剖開自己的心，我想知道，答案是不是就在我心裡。我也曾經在出差時，喝光飯店房間裡的小瓶洋酒，因爲混了好幾種酒一起喝，我吐到隔天差點沒辦法起床工作，縱容自己酗酒，只是因爲我突然想找出爲什麼我會變成「王八蛋」的原因。

可惜我不知道爲什麼，更奇怪的是，我明明知道自己做的是王八蛋的行爲，但我卻停不下來。

直到遇見了雅芬，我才不再玩弄感情，不再傷害別人的感情。

爲什麼雅芬能夠讓我停下來？我的天呀，我又不知道了。

曾老媽終於知道紛飛的存在，那已經是我們大三的事情了。在我跟她上床之後，那將近一年的時間裡，她對我的關心變多，她對我的照顧愈來愈周到，獨處時她會問我，「我可以抱抱你嗎」、「我可以牽你的手嗎」、「如果我們現在就在一起，那我們要不要公開我們是班對呢？不要好了，如果到時候你不要我了，那誰該轉學呀」，有時候跟同學們一起出去，她會跟在我的旁邊，像一個安靜的女朋友。

但她從來就不是女朋友，她就像是我的地下情人，永遠沒辦法浮上檯面。而即使她心裡如此渴望被我所承認，她也從來沒有提出「希望浮上檯面」的要求。就因爲她是如此地沉默，我便從來都不曾仔細聆聽她心底的聲音。

她說因爲我，她的靈魂出現缺口，我不懂，正想再問，卻只看見她的眼淚快速地滑落。

後來，她用 e-mail 寄來一封信，裡面寫著：

◇◇

靈魂就像一塊蛋糕，四四方方的。

你愛過一個人，你就會分出一部分的靈魂給他，像是蛋糕剝去了一小片。

如果他也愛你，那麼他就會分出一部分的靈魂給你，像是給你一小片蛋糕。

這一來一往之間，那一小片蛋糕的施與受，總是會讓你的靈魂恢復原狀的。

如果你愛上的人並不愛你，那麼你的靈魂，就會出現缺口。

因為已經給出去的靈魂，永遠要不回來了。

◇◇

因為曾老媽這句「靈魂缺口」，我哭了一晚上。我抱著那隻被她壓過的史奴比，說了大概五千次的對不起。

就因為她是如此地沉默，我便從來都不曾仔細聆聽她心底的聲音。

幸福跌倒了

我跟紛飛走在戲院後方的石道上，
電影散場之後，行人明顯變多了。
街上到處都充滿了千禧年的氣氛。

紛飛問我，想用什麼方式告別二十世紀？
考倒我了，我從來沒想過這個問題。
我也從不認爲，
一九九九年十二月三十一日，到二〇〇〇年一月一日會有什麼不一樣。

「不過就是過日子嘛。」我說。

她聽完之後，看著我，笑著搖搖頭，
「當你知道，有許多人的生命可能連這一天都無法跨越時，
你就會發現，這世紀之間的交換，對他們來說有多重要。」

然後，她牽起我的手，「我最近走路常跌倒，你要牽著我喔。」
我以爲她是爲了想牽我的手而開玩笑，
但就在她牽住我之後的幾秒鐘裡，
她整個人跪倒在地上，像是突然失去雙腳一樣。

12

雅芬曾經很想擁有一個家庭，我忘了是多久以前。

那一陣子她時常去逛書店，也時常去好市多或是家樂福那種大型量販店，IKEA更是每個星期都要報到，忠孝東路SOGO地下二樓的超市就更不用說了。

她突然像個媽媽。

這種習慣維持了一段不短的時間，幾乎每天下班之後，她就會到我住的地方，動鍋起爐地煮一些東西，爲此她特地買了好幾本食譜。

說到這個，我不得不誇獎她一下，她的廚藝有相當明顯的進步，而且是進步非常多，雖然她曾經把蛋炒飯煮成黑麻麻一片，因爲她倒了太多醬油。

她突然很喜歡「廚房」這個地方，在她廚藝突飛猛進的那段時間，她覺得能每天煮東西吃是一件很開心、很幸福的事，如果我能跟她一起動手下廚，「哎呀，我眞是全世界最幸福的女人。」她就會這麼說。

她在書店買回來的書不只是食譜，書籍類型還包括了保健常識、育兒知識、居家收納、室內裝潢擺設指導，最奇怪的是，她甚至買了一本叫作《如何抓住妳的男人》的怪書，要不是我翻過，知道那裡面寫的是夫妻相處之道，我眞的會以爲這本書談的是如何給自己的男人下降頭或是施符咒。

她去好市多採買回來的，大都是一些台灣市面上看不到的食物或是食材，或是一些美國人常吃的雜糧餅乾，通常那些東西不是太硬就是太軟，有些還酸得讓人不禁產生東西已經壞了的錯覺。她曾經在那裡買過許多牛肉，那一片一片紅得很徹底的牛肉擺在她的面前，「我想煎牛排來吃，」她一邊被煎鍋裡的油噴得亂七八糟，一邊轉頭擠出笑容對我說，「只是我不知道煎個牛排有這麼難。」

她在IKEA花掉的錢，大概相當於我四個月到半年的房租，如果把她買那張大床花的錢也算進去的話，那肯定是超過我半年的房租總額了。我從來不知道一個女孩子的行動力有這麼強，她只不過是某天喝下午茶時，因爲無聊，便隨手拿了一些居家裝潢的雜誌來翻翻而已，那個週末，她的房間就變了樣了。

「我覺得我的衣櫥太舊了。」

「我覺得我的床太小。」

「我想換個窗簾，換個心情。」

「我想把舊的書桌丟掉，它的抽屜早就壞了。」

「下個月領薪水，我就要去買一台新的液晶電視，所以我的舊電視櫃要丟掉。」

「一個沒有沙發的女性單身套房，好索然無味的房間啊。」

她每說一句話就得花個幾千塊，我還記得那組沙發跟那張床相加的價錢一共是三萬六千九百元，她在櫃檯結帳時，像是中了樂透一樣，興奮地轉過頭來對我說：「好便宜啊！」然後就把卡拿出來刷，當她的手機傳來銀行的刷卡確認訊息，我的心在替她的三萬六千九百元流血。

去 SOGO 買菜這個習慣不知道是什麼時候養成的，就在有一次我被迫必須陪她一起去逛街時，我突然了解她爲什麼一定要到這裡來買菜。

「有貴婦的味道。」她說。

聽到這個答案的當下，我沒做什麼反應，不過我確定我的心裡有句很難聽的話語浮現：「貴婦？我還貴你老母的老母！」不過我還想活下去，所以沒有把話說出口。

雅芬的這些行爲，坦白說，並不會讓我覺得有什麼好不太高興的。因爲我跟她雖然在一起，但我們的經濟自主，她沒有花我的錢，我也不會拿她的錢，她的收入足夠支撐她的花費，她對自己的財務有一套規畫，她的存款曾經比我多了二十萬，她有定存，她有些許的基金投資，除了某家銀行三、四十萬的車貸之外，她沒有任何負債。

如果你問我，為什麼雅芬那一陣子會突然間有這些舉動，坦白說我知道，但是我從不說破，也一直在裝傻，裝作一副我什麼都不知道，以為她只是想花錢而已。

其實她想結婚了，當時。對，這個就是答案，這個就是原因。

我看過她替同事帶了一整個週末的孩子，因為她的同事得出差。她時時刻刻抱著那個孩子不放，而且一點都不覺得累。那個娃娃當時才不滿一歲，要什麼都是用哭的，我光是聽他的哭聲，就快要釋放我的小宇宙了（不明白什麼是「小宇宙」的人，請上網搜尋關鍵字：飛馬流星拳），但雅芬卻能在很短的時間裡猜出娃娃要的是什麼。

女人或許隨時都有當媽媽的準備吧，我想。

我記得那一陣子裡的某個週末，她要我一早就起床，然後陪她一起去淡水玩。當我睡眼惺忪地站在我家樓下，等她開車來接我，而她也準時到達時，我看見她的眼裡，有著跟平常不一樣的光芒。

「如果不是要給我什麼驚喜，就是有怪事要發生了。」我坐上車之後，心裡這麼猜測著。

但是一直到了中午吃飯時間，都沒有發生什麼「特別」的事。我們搭渡輪到八里閒晃，在那裡遇到老外要求跟雅芬一起拍照，老外說雅芬長得很漂亮，而且人又高身材又好，懷疑她是不是空姐。身爲她的男朋友，我理所當然地被那個老外晾在一邊，一開始那傢伙還很有禮貌地對我說：「Hi! How are you?」但是我還沒有回答，他就開始跟雅芬說話了。「Fuck! Thank you.」我在心裡這麼回答他。

當雅芬沉醉在老外的花言巧語中時，我只能站在旁邊安慰一個大概五、六歲大的孩子，因爲我踩到他掉在地上的冰淇淋。

擺脫老外和小孩後，我們搭渡輪回到淡水，在吃阿給的店裡被阿給的味道給淹沒，之後走到全台灣最靠海的星巴克買了兩杯焦糖拿鐵，正當我想要找個地方小便時，我預料的怪事發生了。

「我們去看房子吧，好嗎?」她摟著我的右手，笑得露出她整齊的牙齒，眨著眼睛對我說。

賣房子的業務都有一張可怕的嘴巴，我當然不是說他們有一嘴爛牙，我的意思是，他們都很會說話，好像說的話如果甜不死人就要償命一樣，我深深覺得，哪天這些業務員死了，身體都爛了，成千上萬的蛆爬在屍體上時，那張嘴巴大概還活著吧。

「兩位眞是郎才女貌、佳人仙侶啊！是不是剛剛新婚呀？」接待我們的是一個有些年紀的阿姨，大概四十多歲，她臉上的粉厚得大概要用響尾蛇飛彈才能打得穿。

「喔，沒有，」雅芬解釋著，「我們還沒結婚。」

「還沒？」這位阿姨誇張得睜大了眼睛，「你們看起來就像是一對恩愛的新婚夫妻呀！」

「眞的嗎？」雅芬上當了，「我們有夫妻臉嗎？」

「當然有，」這位阿姨繼續爲雅芬灌迷湯，「男的帥女的美，怎麼看怎麼像夫妻。」

男人在這時候其實是沒什麼用處的，因爲業務都很會察顏觀色，總是能輕易地判斷出，誰是這樁買賣成功與否的關鍵人物。相較於冷感的我，熱情的雅芬立刻被這位阿姨鎖定爲主要攻擊目標。

「先生貴姓啊？」她突然轉頭問我，彷彿知道自己已經把我冷落了許久。

「我姓徐，雙人徐。」

「徐先生，你的女朋友很漂亮呢，兩位快結婚了吧？」她說。

哇！才出第一招就想致我於死地，但我豈是這麼簡單就能撂倒的人？

「這……」我很快地想出破解招式，「這不是我單方面能決定的。」

「女朋友這麼漂亮，不快點娶回家，小心被人追走囉。」她說。

這招比第一招弱太多了，看來她已經沒有其他招式，可用來對付一個對看房子很冷感的客戶了。

「如果這麼容易被追走，那今天跟她來看房子的就不是我了。」我這麼回答。瞧，我破解得多漂亮。

大概是我的武功太高，她難以招架，在介紹建案的這一路上，她都對著雅芬在解說著。

我突然想起，紛飛曾經問我，如果我將來跟某個女孩結婚了，組了一個美滿的家庭，那麼我會想住在哪裡？

「洛杉磯或是西雅圖吧。」我說。

「爲什麼是國外呢？」

「因爲環境比較好呀。」

「淡水也很好啊。」她說。

「淡水？」

「嗯。」她點點頭，而後微笑著，「如果可以的話，我希望我能看著那片映著夕陽的海，等著我的先生和孩子回家。」

若一切都能如想像中的幸福，這世界就不會有悲劇了。

13

跟紛飛在一起的那一年，是一九九九年，我將要升大三。我記得那是大二下學期即將告終的五月，在我準備回家過暑假之前。

其實會跟紛飛在一起，我也覺得是一件很神奇的事。因為除了散步之外，我們從不曾做過其他的事情。

但請你不要想歪，我所謂其他的事不是指上床或是那方面的事情，我的意思是男生要追女生，總會有些步驟是非做不可的，例如情人節送巧克力，例如寫幾封情書或是e-mail，例如在已經十一、二點的深夜打電話聊聊天。也總會有些地方是非去不可的，例如某家牛排館、某間電影院、某個看夜景的山上之類的。

但是我跟紛飛一直以來都只會找一條路或是找個公園散步，走上一個或一個多小時就回家，聊天的內容也都很平常，甚至，我們從不曾深入地談到感情的事。

「你知道能散步是一件多幸福的事嗎？」紛飛說。

「怎麼說？」

「那表示你生活過得不錯，即使不是有錢人，你也有悠閒的時候；即使不是沒煩惱，你也有暫時不去想的時候；即使不是很快樂，你也有沉澱的時候；即使不是全無病痛，你也有還算不錯的身體陪著你一起走。」

「妳眞的很喜歡散步，因爲散步，好像還悟出不少道理似的。」

「是呀！」她轉頭看著我，步伐依然緩慢，「因爲散步，我還發現兩個祕密。」

「哪兩個祕密？」我好奇地問。

「第一個，你喜歡我。」她說。

聽到這話，我哈哈地笑了出來，「那第二個呢？」

「我喜歡你。」她說。

她曾經告訴過我，她不知道爲什麼會喜歡一個小她兩歲的男生。當她已經大一，這個男生才高二；當她已經大三，這個男生才剛上大學；當她已經出社會工作了一年，這個男生才剛上大四；當她已經二十七歲，想結婚了，這個男生可能才剛研究所畢業，連兵都還沒當。

「我想在二十七歲結婚，如果那個時候你還在當兵怎麼辦？」她問過我這樣的問題。坦白說，我不知道怎麼回答。

等我！——這個答案太自私。

分手吧！——白癡回答。

那妳嫁給別人吧！——白癡回答 Part II。

那妳先結，我退伍之後妳再離婚，然後嫁給我。——頂級白癡回答。

我必須承認，以上那些答案我都想過，所以你大可以罵我白癡，我不會否認的。只是，我還沒想到該如何回答，紛飛卻再也沒問過這個問題了。

我們在一起之後的第一個中秋節，我告訴紛飛，說要帶她去看電影。一開始她有些猶豫，最後勉強答應，我問她爲什麼不想去看電影，「不是我不想去，而是我在電影院有過不好的回憶。」

不好的回憶？我疑惑地看著她。

「我曾經在午夜場的電影散場之後，被一個變態從電影院一路跟蹤，一直到我停摩托車的地方。」

「他有對妳做什麼嗎？」

「沒有，我以爲他想強暴我，但是他沒有。」

「那他做了什麼?」

「他問我路，但是我告訴他我不知道。」

「然後呢?」

「然後他要我載他去找，我說我不方便。」

「然後呢?」

「然後他要我把電話號碼給他，他要打電話跟我聊天。」

「再來呢?」

「我當然說不要，然後他就把他的褲子脫下來了。」

「幹他娘的……」我下意識地脫口說出髒話。

「啊……」

「呃，對不起，我不是罵妳。」我趕緊揮揮手解釋著。

「沒關係，沒關係，」紛飛笑了一笑，「你可以罵髒話的，只是我第一次聽到你罵，有點驚訝而已。」

「喔。」我把雙手攤開，「其實我天天都在罵髒話，妳會習慣的。」

「……」

「呃……嗯……對不起，髒話不是重點，妳繼續說，後來呢？」

「什麼後來？」

「他把褲子脫下來之後。」

「喔！」她這才想起我們在聊的話題，「我當然是嚇了一跳，然後他就開始……」

說到這裡，她停了下來，臉微微泛紅。

「嗯，」我點點頭表示了解，「我知道他在幹麼，妳可以不用說，然後呢？」

「然後我就發動我的摩托車，趕快離開那個地方。」

「妳應該在發動摩托車之後，從他的老二撞下去。」

「其實我是想回家拿剪刀……」她講這話的樣子，看來不像是在開玩笑。

「……」

「其實我天天都帶著剪刀，你會習慣的。」

「……」

「哈哈！」她掩著嘴巴笑了出來，「我跟你開玩笑的啦。」

雖然她說是開玩笑的，但是那天看電影時，我還是有點想看看，她的包包裡是不是眞的放了把剪刀。

那天我跟她看了什麼電影，我早就忘記了。就像我跟雅芬看的第一場電影是什麼，我也不復記憶一樣。雅芬時常用這個問題來考我，答案也大概公佈了三百次以上，我卻從不曾記得。

「鐵達尼？」

「最好你看鐵達尼的時候認識我啦！」雅芬橫眉豎眼的。

「失敗的麵？」

「什麼失敗的麵？」

「Spider Man，蜘蛛人。」

「……」

「也不對？那……終極殺陣？」

「又答錯！」

「白癡偵探科南？白癡水蜜桃小丸子？白癡彩色筆小新？白癡機器貓小叮噹？」

說完這一串，雅芬就不理我了。

同樣的問題，紛飛也問過，她曾經在我們正式交往幾個月之後問我，我們一起看的第一部電影是什麼，我回答她是《魔鬼終結者》，她笑了一笑，搖搖頭，卻沒有糾正我。

戲院後方的石道上，電影散場之後，行人明顯變多了。街上到處都充滿了千禧年的氣氛。

我問紛飛想不想吃熱狗，她搖頭。

我問她想不想喝可樂，她搖頭。

我問她想不想買杯咖啡，她搖頭。

我問她想不想接吻，她打我。

「你想用什麼方式告別二十世紀？」走著走著，紛飛在一個寫著「千禧」兩個大字的廣告看板前停下腳步，問我。

我的天，考倒我了，我從來沒想過這個問題。我也從不認爲，一九九九年十二月三十一日，到二〇〇〇年一月一日會有什麼不一樣。

「不過就是過日子嘛。」我說。

她聽完之後，看著我，笑著搖搖頭，「當你知道，有許多人的生命可能連這一天都無法跨越時，你就會發現，這世紀之間的交換，對他們來說有多重要。」

然後，她牽起我的手，「我最近走路常跌倒，你要牽著我喔。」

我以爲她是爲了想牽我的手而開玩笑，但就在她牽住我之後的幾秒鐘裡，她整個人跪倒在地上，像是突然失去雙腳一樣。

失敗的麵……到底是誰發明的？

14

在一個很無聊的下午，我跟中誠討論過一個問題。那天我們坐在高雄文化中心的門口，買了一些鴿子飼料，有一搭沒一搭地餵食著，那幾十隻鴿子就一直往地上啄啊啄的，當我們停下來不再丟飼料，牠們就在離我們大概三公尺左右的地方聚集，像是一群長了翅膀的乞丐。

那天從我們面前經過的結婚車隊大概有五組吧，他們沿路放環保鞭炮的聲音引起我們的注意，「今天是個適合結婚的好日子吧。」中誠說，我點頭附和著。

那五組車隊中，其中一組的組合讓我們目瞪口呆。

第一輛是保時捷，然後是賓士 S600，然後又是賓士 S600，再來還是賓士 S600，然後接了一台 TOYOTA Corona，「這是什麼鬼？」我跟中誠異口同聲地罵出來，後來發現這輛車沒有打上紅彩結，我們才發現他是不小心插到結婚車隊裡的。再來是 BMW750，再來還是 BMW750，再來還是 BMW750，當最後一輛車駛過我們面前時，「噢——買——尬——的！」這是我跟中誠的驚呼聲。

最後一輛是法拉利，一輛超級無敵漂亮的法拉利，鵝黃色的F360。對車子沒有研究的人或許不會知道F360到底是什麼，但是法拉利就是有這樣的魅力，你不需要知道它的名字，但只要它出現在街上，你一定會把視線留在它身上。

「屁！」曾經有個朋友這麼反駁我們，「我就不會把視線留在法拉利身上。」

「嗯，我知道，你都把視線留在女孩子的胸部跟屁股上。」我說。

「噢！」他睜大了眼睛，「你好聰明啊！一眼就看穿我！」

「要看穿一個人的下流並不需要花太長的時間。」我說。

抱歉，我離題了，我要說的是我跟中誠討論過的那件事情。

因爲那輛法拉利實在很美，美到我們兩個開始在路邊盤算，將來結婚時可能借得到的車子有哪些。討論到了一個瓶頸之後，中誠嘆了一口氣，「如果兩個人眞的相愛，而且有天長地久的把握，那在一起就是最重要的事了，爲什麼一定要結婚呢？」

爲了這個問題，我們開始列舉一些可能，爲什麼一定要結婚的可能。

第一，有小孩了。有了小孩一定要結婚，不然就算現在的法令允許單親家長替小孩報戶口，女方的爸媽也不會放過你，有錢一點的，甚至可能會聘僱殺手把你給做掉。

第二，爲了移民。或許你和你的情人，國籍並不相同，但因爲彼此相愛，使得你們必須正視將來可能要一起生活的問題，而結婚之後，就可以直接或間接取得對方的國籍，然後到另一個國家，與你的另一半一起生活。

第三，爲了組成一個家庭。我聽過長輩這麼說，與死亡相比，人比較害怕的，其實是孤單。人愈老愈不怕死，但卻怕孤單。如果老後沒有家人陪伴，一個人形單影隻的，那有多麼難受。

試著想一想那種感覺，當你年紀大到有風濕、關節的毛病，或是輕度中風之類不良於行的情況發生時，身邊沒有任何一個可以提供幫助的人，你只是一個人，那就像是被全世界遺忘了，你根本不知道活著是爲了什麼。

第四，爲了錢。這是一個很自然卻也是最現實的理由。我們時常聽到「娶了她，少奮鬥二十年」、「嫁給他，少工作二十年」等等的這些話，這表示婚姻是一種共生關係，許多國家的法律明文規定，夫妻之間的財產共同，如果其中一個死了，另一半將繼承所有的財產。

所以曾經有過一個笑話，是這麼說的。

有一天，一位母親帶著一個小女孩來到玩具店，小女孩指著架子上的芭比娃娃，對著母親嚷嚷：「媽咪媽咪，我想要一個芭比娃娃。」

母親轉過頭問老闆，「請問一下，那個芭比娃娃要多少錢？」

老闆看著那位母親所指的娃娃說：「那個是夏威夷芭比，要兩千五百元。」

母親指著另一個問：「那這個要多少錢？」

老闆說：「這個是日本芭比，一樣要兩千五百元。」

當這位母親猶豫不決時，老闆繼續補充：「不管是日本芭比還是夏威夷芭比，或是再過去的西班牙芭比、墨西哥芭比，都是兩千五百元，但是最後一個芭比卻要三萬塊錢。」

「三萬？」這位母親嚇了一跳，「那個芭比娃娃看起來沒什麼特別的，爲什麼這麼貴？」

「噢，妳錯了！」老闆稍微皺了一下眉頭，「這位女士，請妳走到她的面前仔細看看。她是個已婚芭比，她嫁給了肯尼，如果肯尼死了，她就會繼承肯尼的房子、車子、公司、股票和有價債券，妳覺得她不值三萬塊嗎？」

當然，這個笑話只爲博君一粲，目的在諷刺有些人對結婚這件事情的膚淺看法與觀念。

我記得我看過幾則類似的新聞，是關於一些國外的名模或是浪女（抱歉，我這個人就是比較直接），身材或臉蛋都是一流水準（當然也有菜市場水準的）的她們，會展現出最妖嬌美麗的一面，讓年紀比她們大上四十至五十歲的有錢人或產業大亨，掉入設下的美麗陷阱──和她們步入禮堂。婚後，便每天叫司機載她們上教堂，因為她們忙著向上帝祈禱，希望自己的老公快點死掉。

前些年有個新聞，令我至今依舊印象深刻。

有個石油工業大亨，他一生中不只遇見一個浪女，離了兩三次婚，付了許多所謂的贍養費，而他的最後一任老婆，是所有娶過的女人當中最○○的（請自行在圈圈裡填上你習慣的詞，當然你也可以填入髒話，如果你的想法跟我一樣的話）。

有一天，這個大亨掛了，他的前幾任老婆和小孩為了爭奪遺產，便聯合陣線，和最後一任老婆打一場世紀官司，後來法官判定最後一任老婆勝訴，前幾任老婆的孩子敗訴。

即使付出了數百萬美元的律師費，這個○○的女人仍能獨得數千萬美元的財產、好幾棟房子、好幾部車子，還有一條名貴的挪威納犬。

「官司勝訴之後的第三天，她的鄰居在她家附近撿到那條挪威納犬，因爲她不喜歡狗。」某次我跟紛飛在餐廳裡吃牛排，我把這個新聞告訴她。

「這個女人眞的很離譜。」紛飛說。

「其實說穿了，她不過是爲了生活，只是手段很讓人不齒。」

「你放心，」紛飛拍拍我的肩膀，微笑著說：「我如果要嫁給你，絕不會是爲了錢，因爲你沒有錢，哈哈。」

「耶？妳怎麼這麼說？說不定我會中發票啊。」

說完，紛飛手上的牛排刀掉在她的盤子上，因爲盤子是玻璃製的，於是發出很大的聲響。這天，她手上的刀子一共掉在盤子上兩次。在這之前，我們走在往牛排館的路上，她跌倒了一次，那是她跟我在一起之後的第十九次跌倒。

「醫生說我患了肌無力症，」她說，「所以我的肢體末梢，像手指頭或腳掌之類的地方會沒有力氣，有時肌肉會抽動。」

「治得好嗎？有在吃藥嗎？」我問。

「嗯，有。」她點點頭。

不過很顯然的，那些藥並沒有用。幾個月之後，紛飛就沒辦法走路了，甚至連吃飯拿餐具都不行。

我研究所放榜那天，是個非常晴朗的星期四。紛飛被她的家人送進醫院，再也沒有出來過……

「我還想跟妳散步。」站在她的病床邊，我的心裡這麼說。

15

原先我以為，那只是個必須住院治療才能痊癒的肌無力症，紛飛只需要住院幾天或幾個星期就沒事了。但是當我發現，她被護士跟醫生要求排定一些「讓肢體做些上上下下的活動」的功課，檢查項目也愈來愈多時，我開始覺得事情並沒有我想像中的單純。

但我的心裡一直有個聲音在告訴我：「一切都會沒事的。」

每次到醫院去看她時，我都會遇到她的家人。他們都很和善，對我這個外人很客氣。也就是因為他們太客氣了，使得我不敢追問：「你們知道紛飛怎麼樣了嗎？」

紛飛向她的家人介紹我時，很直接地說：「他叫徐昱杰，是我的男朋友，我很喜歡他。」這讓我在病房裡傻笑了好久，因為我不知道該怎麼反應。

他們會跟我聊天，問一些關於我的事情，像是我在哪裡念書？什麼科系？家住哪裡？有幾個兄弟姊妹？興趣是什麼？將來想做什麼？當他們知道我比紛飛小兩歲時，每個人都很驚訝，紛飛的媽媽甚至說：「我不知道我女兒會喜歡比她小的男孩子。」

她剛開始住院的那段日子，我每天都很想念她。原本我們時常一起散步的，但因為紛飛住院，散步時，就只剩下我一個人，因此我很想念有她一起走路的時候，還有她說話的聲音，以及她一步一步慢慢走，從來不曾走直線的散步哲學。

剛開始住院時，其實她是很不安份的。我時常在半夜接到她的電話，她說從早到晚都在睡覺，半夜就睡不著了，所以她撐著助走器，慢慢地走到公共電話旁邊，投入硬幣，花個幾十塊錢，買一些我的聲音。

「才花幾十塊錢，就能在半夜聽到你的聲音，很便宜。」她說。

「妳可以不用半夜打給我，再過幾個小時天就亮了，我就可以去看妳，妳不需要急在這個時候買我的聲音。」我說。

「不要。」她故意耍任性的小脾氣，「我就是不想等這幾個小時。」

「妳不要自己一個人在半夜活動，半夜燈光那麼暗，妳走路不方便，小心又跌倒。」

「你怎麼像媽媽一樣囉嗦。」

「我？」

「嗯，是呀，」然後她笑了出來，「但是我喜歡你的囉嗦。」

每次她打電話來，我都想問，醫生有沒有檢查出來，究竟是什麼原因，使得她沒辦法像正常人一樣行動？但是話到喉頭就吐不出來。本來我以爲，我是因爲不想影響她的心情，所以才問不出這個爛問題，但直到最後我才發現，其實是我不敢問。

因爲我不敢知道，到底是什麼正在把她從我身邊搶走。

那段時間，我每天都有一種在掉東西的感覺。但當我摸摸口袋、看看抽屜、打開背包、檢查錢包、翻開摩托車的置物箱……並沒有什麼東西不見了，除了被一個莫名其妙的白癡幹走了的，那個扣帶已經壞了、上部已經裂開，根本一點都不安全的安全帽之外。

所以我到底掉了什麼？我後來才知道，我正在失去她。

紛飛住院之後，我才後悔沒有跟她拍過照。有時候，我看見同學的皮夾裡放著自己的男／女朋友的照片，我都會想秀出屬於我的紛飛，但是我卻沒有她的照片，一張也沒有。我很想知道，當他們看見紛飛的美麗之後，會是什麼樣的表情，我很想知道，到底有多少同學，會在看了紛飛的照片後，驚呼道：「哇！徐昱杰，沒想到你這衣冠禽獸也會有這麼漂亮的女朋友啊！」

我知道這是大多數人見不得別人好所說的嫉妒話，所以讓他們罵我衣冠禽獸，我其實是無所謂的。

但是紛飛的樣子，並不是美麗兩個字就足以形容的。

舉例來說吧，當我們爲了買一瓶水而走進便利商店，在還沒接近冰箱時，我們的潛意識就已經畫好了一個圖案。

什麼圖案？是一瓶水的樣子。

我們常見的水大都是用保特瓶或是塑膠瓶盛裝，它們的樣子大同小異，不管是高的矮的，還是一公升裝兩公升裝的，長得大概都是那個樣。但如果礦泉水公司花心思做了一個很漂亮的瓶子，那瓶子跟你潛意識裡的模樣完全不同，就算裡面裝的水是一樣的，價錢也相同，我相信，你買這個品牌產品的機率會比較高，因爲瓶子漂亮。

所以，當你想要一個女朋友，你走進人群中，在你尚未找到一個女朋友之前，你的潛意識就會假設一個女孩子的樣子，我說的不是長相，而是一個標準。

但是紛飛超過了我的標準，我曾經覺得女朋友能達到我設定標準的八十％就可以了，但紛飛超過了八十％，她甚至超過了我設下的標準。

紛飛的美麗就是這樣子的。她的美麗不只是外表，最重要的是她的內在。

我希望我的女朋友看起來有氣質就好，但她是眞的有氣質；我希望我的女朋友感覺上很溫柔就好，但她是眞的很溫柔；我希望我的女朋友不要太自私就好，但她是眞的常替別人著想；我希望我的女朋友別太霸道就好，但她是眞的通情達理；我希望我的女朋友脾氣別太大就好，但她是眞的不曾生氣過。

「紛飛像是上帝特別爲我量身打造的。」我曾經這麼向朋友形容。

有一天晚上，紛飛要我去醫院陪她。當我到醫院時，她要求家人暫時離開病房，給我們十分鐘，她想跟我單獨相處。

我拉了一把椅子到病床旁邊，然後壓低自己的身體，趴在她的床邊，讓我的視線能正對著她的眼睛。她吃力地側過身體，面向我的臉。

我跟她之間只有很近很近的十幾公分的距離，我希望我的視線裡只有她，我不想看見其他東西。

這天，紛飛問我，我有多喜歡她？我說：「像是喜歡寶貝一樣。」

「什麼樣的寶貝？」

「獨一無二的寶貝。」

她搖搖頭，「這個答案不夠好。」

「那……天下無雙的寶貝。」

「你偷懶，」她皺著眉頭，「這個跟上一個是一樣的意思。」

「好吧，那……跟生命一樣貴重的寶貝。」

「嗯，這個不錯，還有嗎？」她笑著點頭。

「像是……失去了就永遠也找不回來了的寶貝。」我說。

她聽完，眼睛裡那因爲跟我聊天很開心而閃動的光芒消失了。我發現自己說了一句不太好的話，趕緊解釋著。

「我不是那個意思。」趴在她的床邊，我牽著她的手，有些緊張地說。

「我知道，」她輕輕撫摸我的頭髮，「我知道你不是那個意思。」

「對不起。」

「別這麼說，」她用食指阻止我的道歉，「因爲該說對不起的是我。」當她這話一說完，我看見她的眼淚，很快地掉在枕頭上。

我有種非常非常不好的預感。

「你還記得我曾經跟你說過，因爲散步，我發現了兩個祕密嗎？」

「嗯，」我點頭，「記得。」

「那天我跟你說的答案，其實是騙你的。」

「那眞的答案是什麼？」

「第一個是……我發現我比任何人都還容易跌倒……因爲我的身體有問題。」

「那第二個呢？」

「我愛你。」她說。

這天，紛飛的診斷確定書出來了，她得了脊髓側索硬化症。

我不知道那是什麼病，但我知道它有一個大家都熟悉的名字。

「我是漸凍人，」紛飛輕撫我的臉龐，「對不起，我再也不能陪你一起散步了。」

對不起，我再也不能陪你一起散步了。

不在，不再。

我想經由觸摸去感受她的存在，
但我每次伸出手，手指總會穿過她的臉，
她依然瞇著眼睛微笑，
她依然跟我聊著天南地北的許多事。

我依然能聽見她的聲音，但她就是透明的。
我觸摸不著。

是的，她已經不在了。

16

前年的跨年夜，我忙著工作，一個該死的客戶不停地搞壞他的機器，不知道爲什麼，機器到這個客戶手上就是會壞掉，我猜想他應該是一邊罵髒話一邊打電話給他公司裡的工程師，但工程師沒辦法搞定，於是打電話給廠商值班人員，值班人員也沒辦法處理，所以打電話給手機班的工程師。

該死的是，這個手機班的工程師就是正在休假的我！接到電話時，我正在某間汽車旅館的浴缸裡泡澡，一邊抽著同事去南美洲玩帶回來的雪茄，一邊看著超大電視螢幕上正在播放的梅爾吉柏遜的《英雄本色》，整個人輕鬆愜意，好不舒暢。

台灣的汽車旅館業如此蓬勃發展，實在是深得我心，因爲花點錢就可以泡個舒服的澡，還有很大螢幕的電視可以看，很大的床可以滾，裝潢優美氣氛佳，燈光柔和情趣足。如果你帶女伴一同前往，還可以享受兩個人的甜蜜世界。但如果你帶的女伴是情婦或別人的老婆之類的，那我想你不只會用到大電視、大床、大浴缸，還要準備付一大筆錢。

本來這天晚上跟雅芬說好要一起跨年的。那是我們在一起的第一個跨年夜，她說要給我一些驚喜，還說她已經訂到君悅酒店的房間，「我訂的房間可以看到一〇一，我們可以坐在房間裡，看著一〇一的煙火秀，然後倒杯伯明罕的莊園紅酒，在那一幕幕絢爛美景的陪伴下，跟二〇〇六年說再見。」在電話裡，她興奮地說。

我接到她這通電話的時間是凌晨四點半，因爲被人擾了清夢，所以我有些生氣，但我還是輕聲細語地告訴她，「妳可以在天亮後，或是到公司見到我之後，再告訴我這件事，我們之間只相隔五個樓層，妳可以走到妳那一層樓的電梯前面，按一下上樓的按鍵，進電梯之後再按十八樓，到了之後走出電梯，直走到底左轉，跟著右轉，就可以在我的位置上找到我。」

或許她聽出我的語氣裡有一絲絲火氣，「我知道我吵醒你了，可是，我迫不及待地想跟你說，我好不容易訂到君悅酒店的消息嘛。」

「喔！我迫不及待地想跟周公把最後一盤棋下完嘛。」我說。

「好嘛，對不起啦。」她開始撒嬌，「你別生氣，我不吵你了，你繼續睡，我要掛電話囉。」

「妳為什麼現在還醒著？」

「因為我在想你啊。」她說。

但雅芬所安排的這一切，都被那個白癡客戶搞砸了。那天下午四點，我接到雅芬的電話，她說她已經到君悅Check in了，問我什麼時候會到。那時我人在土城，客戶的工廠裡。她的問題讓我想了很久，「妳幫我到行天宮擲筊問問，神明說幾點到我就幾點到。」

「我知道你被call了，如果眞的做不完，你要不要告訴客戶，說你改天再去？」

「我也想，但是當我看見他現在一副想殺掉我的眼神，我覺得我還是把他搞定再說。」

「那我要去哪裡呢？」

「君悅旁邊有一堆什麼A8、A9、A2000、A50000的新光三越不是嗎？」

「是啊。」

「妳去那邊A一些東西吧，我盡快搞定。」說完我就掛電話了。

然後不知道到底是誰把時間撥快了，一晃眼已經接近晚上九點，我還在客戶的工廠裡，為了他那台已經被他搞到設定全部跑掉，只剩下開機運轉功能還正常的機器努力著。最幹的是他媽的我還沒吃晚餐，他們給了我一杯梅子綠茶，就放任我自生自滅。

但是沒辦法，科技業就是這樣。你把機器賣給客戶，客戶搞不定就把我們叫去，他們嘴巴裡會一直嫌機器不好機器差，等你幫他搞定一切之後，他又會說其實機器不錯用，只是操作有點麻煩，設定有點多而已。

這該死的不是廢話嗎？不然你覺得高科技的東西是會多簡單？要是很簡單那我們賺屁啊？

其實我最嘔的是，當我發現所有的設定都跟當初我們交機時完全不一樣，你問他「怎麼會變這樣」，他卻擺著一副無辜的臉回答你：「我不知道爲什麼耶，你們的機器很莫名其妙。」這時你心裡除了三字經之外，不會有其他的對白。

不過就算客戶再怎麼裝無辜、耍白癡，我們也沒辦法對著客戶說，「你他媽的是腦袋進水嗎？程式亂成這樣是要我們怎麼修？」我們只能很有禮貌地說：「嗯，我盡力試試看。」但其實心裡很想當場做一顆炸彈，埋在他的機器下面，然後告訴他，「你的機器再也不能使用了，因爲你不小心啓動了它的自爆裝置，請快點跟我離開這個地方，兩分鐘之後，機器就會爆炸了。」

當然，這是開玩笑的，即使我眞的很想做顆炸彈，我要炸的也不是機器，而是他的腦袋。

約莫九點多，我又接到雅芬的電話，她說她已經把信義區的新光三越都走到翻過去了，還被A了一萬多塊錢，問我幾點要到君悅。我問她買了什麼，她說一雙鞋子跟一件衣服。我終於知道爲什麼新光三越要取名A○、A○館了，果然很會A！

「一雙鞋子加一件衣服要一萬多塊？妳是要買給媽祖穿嗎？」我說。

「因爲好看嘛。」

然後我告訴她，我事情還沒做完，甚至可能會趕不上煙火。

「跨年活動已經開始了，很多歌星都一個個上台唱歌，現在信義區已經人山人海了。」

「嗯，可想而知。」我一邊修機器，一邊歪著頭，用臉跟肩膀夾著手機。

「你繼續加油，親愛的。我會在君悅等你，希望你趕得上。」

「好，」電話這頭的我點點頭，「我盡力。」

但是事與願違，當我看見手錶上的時間顯示十一點三十分，而我人卻還在土城的時候，我就知道我已經來不及了。

雅芬是個善解人意的女孩子，她知道我已經趕不及跨年了，所以在時間接近倒數的時候打電話給我，要我聽聽電視裡慶祝的聲音，要我聽聽煙火引爆的聲音，要我聽聽她倒數的聲音。

「五、四、三、二、一，Happy new year!」

當雅芬一秒一秒地倒數時，電話這一頭的我摀著嘴巴，早就哭得不能自己。因爲一九九九年的跨年，我也在電話中倒數給紛飛聽，那時電話那一頭的她，也同樣哭到不能自己。

不管是紛飛還是雅芬，我跟她們在一起的第一個跨年夜，都是在電話裡「一起」度過。唯一不同的是，雅芬是在君悅酒店裡，看著二〇〇一的煙火對我說 Happy new year；而紛飛卻是在醫院裡，偷偷撐著助走器，站在走廊盡頭的公共電話旁邊，對我說新年快樂。

當我到了君悅酒店，已經是凌晨兩點。雅芬請櫃檯保留了一張房卡給我，不然我可能得睡在市政府前面的公園裡。

當我慢慢地、輕輕地打開沉重的房門，雅芬已經在床上睡著了，她在我這邊的床頭櫃上放了一杯紅酒，還有一張紙條，上面寫著：「我的新年願望是，明年跨年的時候，你會在我身邊。」

我躺到床上，伸手撫摸她的額頭和頭髮，她在我抱住她，親吻她的臉頰時醒了過來，「恭喜你下班了。」她說。

這是我們在一起的第一個跨年，或許美麗，也或許感傷，對吧？

紛飛在我就要退伍的兩個月前去世，二〇〇三年的春末。

我記得她走的那一天，灰雲漫漫，陰雨連綿，夏日將至，細雨紛飛。

夏日將至，細雨紛飛。

17

我提著行李，搭了一輛計程車，把一張寫著紛飛家地址的紙條交給司機，「麻煩你，我要到這個地址。」

因爲人在軍中，我沒辦法參加紛飛的頭七和葬禮，於是我打電話到紛飛家，問了地址，並且告訴紛飛的媽媽，退伍之後，我會到紛飛的靈前上香，希望她能答應。

「嗯，我們隨時歡迎你來。」紛飛的媽媽說。

「謝謝伯母。」

其實我曾經試著請假去參加紛飛的葬禮，但我的連長不准假。他問我是誰去世了，我說是我的女朋友。他聽完之後，一副非常不以爲然的樣子，「女朋友？很相愛嗎？」然後把我的請假單丟在地上，「不准。」他的回答一點餘地也不留。

我向來是個堅強的人，在那當下，我並沒有哭，我只是握緊了拳頭，忍住了想一拳打爆他那張臉的怒氣，撿起地上的請假單，然後轉頭離開連長室。但當我關上連長室的門時，我記得我用了這輩子最惡毒的話去詛咒他：「如果這世上眞有鬼神，請你們接受我的條件，我要用我十年的生命交換，當他的生命將到終點，我希望他極端痛苦地死去，並且死無全屍。」

中誠說這個詛咒很恐怖，光是聽見就會起雞皮疙瘩，「但用在你連長身上，只是剛好而已。」他說。

上過香之後，紛飛的媽媽留我下來吃飯，但是我婉拒了。因爲我眞的沒辦法留在那裡，一個「有紛飛」，也「沒有紛飛」的地方。

她的骨灰安置在一座山上的塔裡，號碼是她的生日。我第一次到靈骨塔看她那天，原本好好的天氣突然開始下雨。雖然我不會無聊或神經到以爲，這是紛飛在哭泣或是什麼的，這顯得太莫名其妙，但有那麼一秒鐘，我以爲那是她想告訴我什麼。但只有那麼一秒，就只有一秒，從那之後，我再也不曾有過這種奇怪的想法了。

從一九九九年冬天到二〇〇三年的春末，長達三年多的時間，紛飛的每一天都過得非常辛苦，尤其是最後那半年。

漸凍人發病一共分爲五個時期，一開始是初始期。

初始期的症狀其實並不明顯，患者偶爾會出現一些無法握筷子或是拿刀叉的狀況，還有無緣無故會跌倒，除此之外，一切正常。

第二段時期是工作困難期。這時會發現初始期的狀況經常發生，而且手腳已經明顯無力。

第三段時期是日常生活困難期。這時病況已經成熟，而且已經進入中期。在這個時期，紛飛的手腳已經因爲長期無法使用而萎縮，她也已經無法自己完成所有日常生活的動作。

這時的她像是一塊石頭，想做什麼，都必須靠別人幫忙。穿衣、吃飯、排泄、睡覺翻身等等，都無法自己完成，甚至連說話也開始咬字不清。

第四個時期是呑嚥困難期。到了這個時候，我已經完全聽不懂她說的話了。但是醫生說，她的腦袋並沒有因爲生病而失去作用，在思想與思考的部分是非常清楚的，跟一般人沒什麼不同。於是，每次到醫院去看她，我總會帶著一本大筆記本，裡面有我事先寫好的一些對話，像是「妳好嗎……」、「肚子餓嗎……」、「今天心情好嗎……」、「想念我嗎……」等等，然後我會在這些問題的旁邊寫上兩個回答，像是「我很好……」、「我不好……」、「我很餓……」、「我不餓……」、「我心情很好……」、「我心情不好……」之類的選項，讓她選擇。

但是我並沒有在「想念我嗎……」這頁紙上寫下兩個選擇，因爲我知道她一定是想念我的。

我刻意模仿她以前在聊天室裡打字的習慣，在每一句話後面加上六個點，我知道她早就發現了，而且很開心。她試圖給我一個擁抱，但是我知道她做不到。

這個時期的她過得很痛苦，因爲她沒辦法用嘴巴吃東西，而且將永遠沒辦法再吃固狀的食物。所以醫生插了一條鼻胃管，作爲她吃飯的媒介，所有的流質食物都從那條管子裡倒進她的胃。

進食對她來說是非常痛苦的。當那些食物經過管子，流到她的身體裡時，我總是看見她的眼睛難過地盯著我，然後流下眼淚。

我眞的沒辦法忍受那樣的畫面，那對我來說，比拿著刀子割下我的肉還要難受。多少次我幾乎就要哭出來，但是我忍住了。我總會輕輕撫著她的手說：「妳要吃飯，沒吃飯就沒體力，沒體力就好不起來，那誰跟我去散步呢？」

我一直要自己給她一些希望，讓她有繼續活下去的勇氣。即使醫生說漸凍人從發病到死亡只有二到五年的時間，但我還是希望她就是那個奇蹟。

我曾經就這樣坐在她的病床旁邊看著她，從午後陽光斜斜地照進掛著百葉窗的窗戶，在她的被單上畫了一條一條排列整齊的金黃色光線，到太陽已經快要下山，病房裡的電燈也已經自動亮起來了，她的眼睛仍舊不時盯著那扇窗。

我知道她想出去，我知道她開始怨懟老天爺對她的不公平，從她的眼神，我能看見她的絕望，和對她所有一切的不捨，有時候我甚至會覺得她在生氣，氣這場病爲什麼不把她的淚腺和腦袋也一併癱瘓，那麼她就不會時常落淚哭泣，她就不會在那依然清醒的思緒裡面，尋找一絲絲可能痊癒的希望。

最後的三個月裡，紛飛進入稱爲「呼吸困難期」的第五個時期，通常，這也就是漸凍人瀕臨死亡的時期。

爲了讓她繼續活下去，如果眞的不希望她現在就離開人世，醫生建議她的家人，同意他爲紛飛進行氣管切開術，因爲紛飛已經出現呼吸困難的症狀了。

我知道這讓家屬陷入了兩難，不管選擇進行手術與否，都是痛苦的。在那當下我心裡只有一個想法：「哪裡讓她比較快樂，我就讓她去那個地方。」

後來紛飛的媽媽選擇進行手術，「我還沒完全準備好要讓她離開我……」伯母抱著她的丈夫，難過地哭著。

我最後一次看見紛飛，是一個即將要收假的星期天早上。我背著我的背包，拿著我的火車票，準備到基隆去搭船。在她的病榻旁邊，我蹲下身體，在她耳邊輕聲地說：「再三個月我就退伍了，我會馬上回來看妳。」

她什麼也沒說，只是一直看著我。當然，就算她想說，她也什麼都說不出來。我感覺得到，她的眼神在叫我別走，我忍住心裡想哭的情緒，然後轉身離開她的病房。

回到軍中之後，這一段紛飛最後活著的時間裡，我反而忘了她的樣子了，每當我抬頭看著星光滿天的夜空，我看見的不是她的笑臉，而是一根粉紅色的羽毛，那聊天室裡代表著她的粉紅色羽毛。

紛飛的媽媽說，最後一個月裡，紛飛就沒有再掉過眼淚了。

從睡醒開始，她的眼睛就一直看著四周，一直看著，一直看著。

彷彿她知道或許下一秒就會離開這個世界了，所以她要盡全力記住所有的事情、東西、人物，還有曾經活過的回憶。

人死了以後會去哪裡？我不是什麼宗教大師，所以我不知道。

但紛飛死後仍然住在我心裡，她哪兒也不去。

是的，她哪兒也不去。

18

退伍後，我當了幾個月的無業遊民。

我沒有辦法用「紛飛死了，所以我不想工作」這句話，當作不找工作和不想工作的理由，因爲我不是。我也不想用「自我放逐」這四個字來形容那幾個月的迷茫，因爲我也沒有把自己放逐到哪裡去。

我曾經試著想要放聲大哭，但最後卻失敗了，原因是什麼我不知道，但是在眼淚即將落下的點上，總是有一種「哭要幹麼」的感覺梗在心口。當梗被移開，或是被破除了，我知道我會哭得很傷心。但梗就是移不開，它就是動也不動。爲什麼？我不知道。

我承認，紛飛的死對我來說是一個障礙，一個情緒上的障礙。那個障礙感覺很高，短時間之內，我知道自己可能沒辦法跨越。

我可能沒辦法再像以前一樣大笑；對本來很喜歡的事物，我可能再也沒辦法抱以相同的熱情。和朋友們的聚會裡，當大家都笑到彎下腰，甚至噴出眼淚來的時候，我也在大笑，但我知道我是陪著他們一起笑的。當我經過威秀影城外面的椅子，卻不再像以前一樣，想坐在那裡看十幾二十分鐘的美女時，我便知道我對許多事情都不再有興趣了。

於是我只是呼吸，只是到處亂晃。我沒有一個想去達成的目標，甚至我沒有設定任何目標。

當媽媽問我要不要回去把研究所念完，我搖搖頭；當爸爸問我要不要去找個工作，我低頭沉默；當朋友問我有沒有什麼打算，我吹吹口哨；當當兵時的同梯問我要不要一起寄履歷表到大公司去，我吐吐舌頭；我的舅舅阿姨嬸嬸姑媽外公外婆爺爺奶奶通通都問過我，到底要不要找個工作來做，不然我的未來會一片淒涼。

我一概的回應是聳聳肩膀，「再看看吧。」我說。

他們之所以會這麼擔心，是因爲我每天都在家裡，足不出戶，食不下嚥。我每天除了睡覺跟大小便之外，唯一在做的一件事情，就是把紛飛的故事寫在網路上。

其實我本來是在打電動的，我每天在網路上找人廝殺。什麼廝殺？用槍廝殺。那是一款叫作CS的線上遊戲，在遊戲裡，你可以選擇當歹徒或是警察，然後你們會在許許多多的地形或地圖上展開殺戮。你可以買一些槍、一些子彈、幾顆手榴彈跟閃光彈，然後在地圖裡奔跑，看見敵陣營的人就開槍，不過你必須動作快，否則遊戲裡高手眾多，你隨時會被秒殺。

在那款遊戲中，我每天可以殺掉幾百個人，但我也會死掉幾百次。有時候當我看見我操縱的線上人物中彈，血噴得到處都是，然後當場倒地不起時，我會希望那眞的就是我，我眞的就死在那裡面。

我想我這輩子從來沒有那麼不懼怕所謂的死亡，甚至我還非常歡迎死神快點來找我，如果眞的有死神的話。

因爲我總是一直想到紛飛，一直一直。

有一天，在等待CS的隊友上線一起廝殺時，我在網路上到處亂晃，然後晃到一個網站，上頭張貼了許多人書寫的小說。

我看見一部叫作〈六弄咖啡館〉的作品，這眞是個奇怪的名字。作者是一個不小心用了日本筆名「藤井樹」的台灣人。在這之前，我從來沒看過他的作品，甚至我從來就不知道他是個台灣人。

於是，我花了三個小時把〈六弄咖啡館〉看完。那天，我忘了上線去殺人，我只記得我飄浮在那個故事裡，很久很久。

然後有一天，我剛從睡夢中醒過來，身體唯一有動作的部位是我的眼皮。對，我只是睜開眼睛，然後看著天花板，動也不動，靜靜地，靜靜地。

然後我想起〈六弄咖啡館〉，我感覺自己仍然飄浮在那個故事裡，於是我聽見心裡的某個聲音說：「爲紛飛寫個故事吧。」

然後我連上線，試著把我跟紛飛的事情寫成小說，我想把它貼在網路上，我希望每個人都能看得見，我希望就算是不認識紛飛的人，也能知道她曾經活在這個世界上。

但是我光是取篇名，就花了一整天的時間，我不知道該怎麼取一個讓大家一看見就想點進去看一看的名字，就像〈六弄咖啡館〉、〈我們不結婚好嗎？〉、〈寂寞之歌〉一樣。

後來我乾脆就把篇名取作〈紛飛〉，因爲我想不出到底有什麼篇名比這兩個字更適合。

然後我開始寫。

作者：夏日
文章名稱：紛飛（1）
時間：2003年8月17日　16:58:16

我忘記我是在哪一個聊天室認識她的，我說的是網路聊天室。那個網站裡面有很多聊天室，聊天室裡又分了好幾間不同編號的聊天室，每間聊天室裡又有二、三十個人。那個聊天室用的系統不是非常好，我有時候會覺得聊天過程卡卡的，因為不是很順……

寫到這裡，我罵了一聲幹，「我到底是在寫聊天室評論還是寫紛飛？」在螢幕前，我責難著自己。

於是我刪除了上一篇，再重新寫了一篇。

作者：夏日
文章名稱：紛飛（1）
時間：2003年8月17日　17:18:33

我忘記我是在哪一個聊天室認識她的，我說的是網路聊天室。

那時我剛考上大學，我的學校在台北。我是個高雄人，所以我在高雄上網，然後在網路上遇到她。我本來不想念台北的學校，但是都已經考上了，所以我也沒辦法。我的學校在一座山下，山上有很多可以泡茶的地方，聽說學校裡有很多漂亮的女孩子，我很期待開學的時候……

「Shit……」我有些不耐煩，「我到底是在寫學校還是寫紛飛？」

懷著些許挫折，我又刪除了這篇文章，然後又重新發表。

作者：夏日

文章名稱：紛飛（1）

時間：2003年8月17日 17:40:33

我忘記我是在哪一個聊天室認識她的，我說的是網路聊天室。

在那之前，我並不常跟女孩子說話，因爲我跟女孩子說話會緊張。高中時，我交過一個女朋友，我要追她的時候連說話都不敢，就只是寫了一封情書給她，而且我還在那封情書裡抄了很多有的沒的，但其實重點只有信件最後，我所留的我家電話跟我的名字……

這次我什麼也沒說了，開始對自己的文字表達能力感到失望，我抓著自己的頭髮，轉頭張望，我在尋找一面適合的牆壁，打算提著自己的頭去狠撞幾下。在那一秒鐘我發現，我從不知道我的作文程度這麼差。

我用很慢很慢的速度，一個字一個字地刪除了這一篇文章，一邊刪除，一邊回想著七年前我跟紛飛的相遇。想著想著，我不自覺地閉上眼睛，接著我想起了一些事情，然後愈來愈多，愈來愈多，突然間，好多好多的回憶一下子全倒進我的腦袋裡。
我終於完成第一篇文章，在那天晚上的十一點。

原來寫東西這麼難……

作者：夏日

文章名稱：紛飛（1）

時間：2003年8月17日 23:09:26

剛剛我把自己放進回憶裡時，就像是重新把過去的七年又再活了一次。

可惜的是，這重活的七年，只剩下我，而她已經不在了。

我想經由觸摸去感受她的存在，但我每次伸出手，手指總會穿過她的臉，她依然瞇著眼睛微笑，她依然跟我聊著天南地北的許多事，我依然能聽見她的聲音，但她就是透明的，我觸摸不著。

是的，她已經不在了。

我想很多人都有過這樣的經驗，在網路上認識了某些人，然後相識，變成生命中眞正的朋友。如果對方是異性，那麼如果彼此有感覺，就會相戀，變成一對戀人。

網路眞的拉近了許多人的距離，我跟她就是其中之二。

我想，只看得見螢幕，卻看不見對方的談話方式，眞的很適合我這種跟異性說話會緊張、擔心自己隨時可能出糗的人。所以當她出現在網路上時，我雖然有些猶豫，但還是鼓起勇氣對她說了一聲：「妳好啊，紛飛！」

是的，她叫紛飛，那是她在網路上的暱稱。

她是個很安靜的女孩子，不太多話，通常都只是靜靜地看著別人聊天，當別人問她問題的時候，她會非常有禮貌地回答。

我發現她有一個習慣，就是她喜歡在說完話之後再打六個點，就像「你好……」、「還可以……」、「我不這麼覺得……」這樣。有一陣子我故意學她這麼做，她才發現自己有這個習慣。

「夏日，不要欺負我啦……」我還記得她是這麼回我的。

嗯，我叫夏日，那是我的暱稱。我的朋友知道我在網路上的暱稱之後，通常只有兩種反應，一種是做出噁心想吐的樣子，另一種是眞的吐出來。

忘了跟她聊了多久，總之，我們漸漸熟悉彼此。有時候我們會在網路上聊一些日常的生活，有時候我會告訴她我以前在學校發生的事，也就因爲如此，我才知道她比我大兩歲。

跟她第一次見面，我們約好了一起去散步，但我從來沒有這樣散步過。我們之間相隔了一條馬路的寬度，我看不清楚她的臉，我相信她也看不清楚我的臉，那天雨下得很大，我們撐著傘，走了好一段距離，直到她轉過頭來對我揮揮手，然後轉身離開，我才知道，那是要對我說再見。

我因此愛上了她。

當然，我不會告訴她「我愛妳」三個字，這會讓一個女孩子覺得你是神經病。我只是時常在網路上等她，然後問她過得怎麼樣。同一個聊天室的許多朋友都看出我對她有特別的情感，我想她也感覺得到，只是她並沒有表示什麼。

有一段時間，我每天起床就會想起那個在馬路對面跟我說再見的女孩子，每天。我每天吃飯就會想起那個在馬路對面跟我說再見的女孩子，每天。我每天騎車出門買早餐時就會想起那個在馬路對面跟我說再見的女孩子，每天。甚至我每天要睡覺之前，都還會希望她到夢裡來跟我說再見。

渴望再見到她的感覺一天比一天濃烈，濃到我無法控制自己。我甚至三不五時就哼著張學友的歌：「我的愛一天比一天更熱烈，要給妳多些再多些不停歇，讓妳的生命只有甜和美，喔喔，不再難追，全都實現。」

然後我突發其想，寫了一首詩要送給她。

我花了好幾天的時間才完成這首詩，把原稿寫在我已經不用的筆記本上。有一天，我帶著這首已經完成的詩上了聊天室，然後在聊天室裡打出來送給她。

◇◇

一條路的寬度，決定了我們的世界。
路那一邊的人行道上，有妳的香味。
我在數萬顆雨滴破碎在地上的同時，聽見很清晰的妳的腳步，
雨淋濕妳的裙襬了嗎？為何妳慢了速度？

大雨，紛飛，是老天爺刻意安排的局，
大雨是天，紛飛是妳，而我只是你們之間的一顆棋。
平行的人行道，沒有交界。

終點還有多遠，我情願看不見。
我向老天問了一問，在大雨紛飛的這夜，
如果雨在瞬間就停了，我能不能住進妳心裡面？

◇◇

我知道這首詩寫得一點都不好，而且顯示出我的國文造詣不是普通的爛，但我眞的寫得很用力，這已經是我當時的極限了（或許也是現在的極限）。

紛飛跟我在一起之後，有時會唸這首詩給我聽，她說她看了好多次，還把它抄了一遍，放在自己的書桌前，「我好喜歡它呀！」有一天，她抱著我，這麼跟我說。

紛飛啊，紛飛，如果只是一首詩就能讓妳這麼開心，那麼我現在把我們的故事寫成小說，在天上的妳，會不會因此而微笑呢？

^_^

20

寫完第一集之後，有一種把腦袋裡的東西挖空的錯覺，身體的感覺比在CS裡面殺了幾百個人還要疲累。我用盡了所有力氣，嘗試把故事講得精彩，像拍電影一樣，把所有的過程重新用文字演過一遍。但我發現有些事情看起來很簡單，但眞正去做時，就會知道有多麼困難。

我試著用更細膩更完整的文字，表達我跟紛飛一起在公園裡散步的情況，但我總是寫得不夠好。那種感覺很不踏實，就像我心裡有一百分的感受，但我盡全力寫出來的，卻只達到六十分，另外的四十分就卡在我的表達能力之外。我不停地在這四十與六十分之間感覺到遺憾，我不停地在我的腦袋裡尋覓更適合的詞句，用以形容這遺失的四十分，但我總是失敗，甚至我曾經爲了某段文字的不完美，而呆坐在電腦前面一整天，後來只留下一句話：「這感覺眞是筆墨難以形容啊。」然後我就開始寫下一段了。

後來我花了一些時間把〈紛飛〉看了一遍，我不知道寫得好還是壞，但當我發現「這感覺眞是筆墨難以形容啊」這句話時常出現，我就知道，其實我並不適合寫小說，尤其是愛情小說。

爲什麼？因爲筆墨最難以形容的，就是「愛」。

我試著在我跟紛飛的牽手之間描述出愛，但我用盡全力，也只寫出了「我感覺到她緊緊握著我的手，我感覺溫暖」。

我試著在幾個描寫散步的段落下描述出愛，但我用盡全力，也只寫出了「我喜歡她走在我身旁的感覺」。

我試著寫出第一次跟她去看電影時那自然相互依靠的愛，但我用盡全力，也只寫出了「我希望這時電影院停電一整天，那我就可以跟她靠在一起很久很久」。

我試著把我跟她第一次接吻時的感覺寫出來，但我用盡全力，也只寫出了「那感覺眞是筆墨難以形容啊」。

既然我寫不出「愛」，那我還有完成這部作品的能力嗎？在那段日子裡，我曾經爲了這樣的挫折，差點放棄寫完〈紛飛〉。

我一共花了兩個半月，也就是七十多天的時間寫完〈紛飛〉。在那兩個半月裡，我每天大概寫七千個字，但當我眞的要把文章貼到網路上時，大概只會剩下兩千字。也就是說，我非常用力地寫了七千個字，但其實眞正可以用的只有兩千。爲什麼？因爲我並不是專業的創作者，我總是寫著寫著，就多寫了一些莫名其妙的東西，或扯到其他的題外話，所以當我回頭檢視我的文章，就得刪掉那些奇怪的部分。

在這段時間裡，中誠成了我的忠實讀者，並且身兼顧問。他總是第一個看見我的新作品，然後給我一些評論，只是評論都是我跟他要的，不然他看完之後只會「嗯嗯嗯」地點頭，像一個脖子上有彈簧，臉上的笑臉很欠揍的晃頭公仔。

但其實就算他很認眞地給我評論，下場依然不是很好。因爲不管他說的是好的評論還是壞的，我都會扁他。

「這集好看嗎？」我問。

「很好啊！」他說。

「幹！」我扁了他一拳，「給我有誠意一點喔！」

「啊就很好嘛！」

「媽的！」我又扁了他一拳，咬牙切齒地說，「你最好繼續敷衍我啊！」我感覺自己的面目猙獰。

「這集怎麼樣？」我問。

「嗯……」他似乎在腦海裡組織一些什麼，「我覺得結構不夠緊實。」他一副非常中肯的樣子。

「緊實你個鳥！」我扁了他一拳，「你知道什麼叫緊實嗎？」

「就是你寫得有點鬆散，我覺得故事結構不夠紮實啊。」

「紮實你個碗糕！」我又扁了他一拳，「你哪隻眼睛看見哪裡不夠紮實了？」

甚至他還問過「爲什麼會有那麼多筆墨難以形容啊」，我看了他一眼，走到十公尺外，助跑之後給他一個飛踢。

有一天他突然拿了一本書給我看，「我昨天去書店買的，如果你想繼續在網路上寫小說，先看看他的書。」

我把書接過來，撕開包裝，那是一本黑色封面的書，藤井樹寫的，書名叫作《寂寞之歌》。

「你爲什麼介紹他的作品給我？」我問。

「因爲他的書沒什麼深度。」中誠說。

「幹！」我敲了敲他的腦袋，「沒深度還拿給我？」

「那就表示是入門級嘛，」他摸摸被我打的地方，皺著眉頭，「而且網路上有個傳言，如果你想寫好小說，就要在動筆寫小說之前唸個咒語。」

「咒語？」我好奇著，「什麼咒語？」

「你要把右手舉起來，像發誓一樣，然後大喊一聲……」

「喊一聲什麼？」

「商周出版一級棒！」

「……」

〈紛飛〉一共寫了二十四集，大概六萬字。網路上的評價大都是「不錯看」、「很好啃」，也有一些回應說「這是眞的嗎？」、「作者就是男主角嗎？」等等。但也有一些無聊的人會說「我想看紛飛的照片」、「如果紛飛是恐龍怎麼辦？」通常我會在螢幕前罵出三字經，然後把他的留言刪除。

中誠建議我把〈紛飛〉投稿到出版社去，說不定會有出書的機會。但我從來沒有這個打算，我不認爲自己的爛文筆可以有出書的機會。

於是我把〈紛飛〉用印表機印了出來，一共用掉了一百多張A4紙，然後我買了一張雲彩紙，用我一樣很爛的畫圖造詣畫上一根粉紅色的羽毛，在羽毛後面寫了〈紛飛〉，然後在右下角畫一片帶梗的葉子，最後寫上我的名字，裝訂成封面。

我沒有把作品拿去投稿，比起出書，我寧願把它收藏在自己身邊。

完成作品的那幾天，十一月天，秋末的涼意已經深到可以嗅出冬天的味道了。我找了一個好天氣，帶著〈紛飛〉，一個人搭車上台北，到放著紛飛的地方去看看她。

我告訴她，我為她寫了一部小說，就以她的紛飛為名。我打開〈紛飛〉，一個字一個字唸給她聽，當我快要唸完時，我感覺有幾滴熱水滴在我的手背上，原來我不自覺地掉了幾滴眼淚。

「妳已經走了好幾個月了，紛飛。這段日子，我每天都要自己在別人面前過得輕鬆，但其實只有我自己知道，我過得很沉重。」在離開她的骨灰公寓之前，我站在她的相片面前，輕聲說著。

「就算妳已經不在了，我已經沒辦法觸摸妳，沒辦法抱緊妳，沒辦法親吻妳，妳對我來說已經沒有任何重量了，但是為什麼妳的曾經存在，卻讓我在人生的道路上停滯不前呢？」

「中誠說，我該眞的讓妳走了，那麼我才能自由。只是，妳眞的眞的走了，為什麼我還是不自由呢？」

「或許有一天我真的會忘了妳吧，我相信那天會讓我感覺到重生。我相信妳也希望我好好地過下去，在往後沒有妳的日子裡。」

「今年，妳二十七歲了。如果天堂是個可以結婚的地方，快找個好神仙吧，妳是個好女孩，我想很多神仙都會喜歡妳的。」

「再見囉，紛飛。希望我下一次再來見妳的時候……」

「妳、我，都自由了。」

「妳、我，都自由了。」

假裝擁有的愛情

在愛情世界裡，我從來都不是個貪心的人，
我一向認爲，當某個地方有了我的位置，
那理所當然就屬於我。

但你卻讓我發現自己的貪心，
當我擁抱你，當我親吻你，
當我恣意地讓你的手在我的身體上來回撫摸，
當我在某些思緒中，清楚地看見你的樣子，
當我時常在某些呼吸的縫隙，感覺到自己想要佔有你的欲望，
我便開始不喜歡自己。

21

我終於開始工作了。「終於……」我的爸媽像是中了樂透一樣，開心地說。幾個月的無業遊民當得非常稱職，他們一度以爲我希望就這樣過完我的一生。

就如我之前說過，我賣過中古車，我也做過電話催收員，後來我在人力銀行上面登錄了自己的資料、畢業的科系，以及我想應徵的工作種類，然後我接到幾通電話，都是來自一些科技產業的公司，他們跟我約好時間，要我穿著整齊去面試。

我第一次面試的公司，是做監視系統的，他們公司在面試之前要求先筆試，題目不多，但大都很怪。我記得有問題涉及生肖、信仰、你吃東西的習慣，甚至後面還有一些問答題。

例如，如果你中了樂透，你會怎麼進行你的財務規畫？

我的回答是，如果中了兩百元，我會去吃麥當勞，這錢就不用存了；如果中了兩百萬，我會去買一部BMW，這也不用存了；如果中了兩千萬，我會去買一間大房子，這也不用存了；如果我中了兩億……因爲中兩億的機率比被雷打到還低，所以等我被雷打到之後再回答你。

還有一題是，如果你某天回家，發現家裡遭了小偷，你迅速地報警之後，還會做些什麼？

我的回答是：我會先看看掉了多少東西，列成清單，然後坐在門口吃漢堡等警察來。

我的面試官是個大約四十歲的男子，他先是跟我聊一聊我的興趣跟背景，還有我曾經有過的工作經驗，然後他低頭看了看我的筆試內容，一臉好奇地問：「爲什麼等警察來時要一邊吃漢堡？」

「呃……」我臉上出現幾條線，「那只是找點事做，你也可以遛狗或什麼的。」

他聽完後一臉無言。

然後他說因爲應徵的人不少，所以隔天下午五點前才會以電話通知有沒有錄取。不過在走出那家公司的剎那，我就知道我完全沒有機會了。

第二間面試的公司是知名的筆記型電腦大廠，叫作華○，○碩。之前就曾經聽學長說過，這間公司福利好，薪水高，而且還有固定的年終，如果公司賺錢，每年還有股票分紅。

爲了美好的收入，面試時我非常謹愼，面試官跟我聊得也還算愉快。他說我的反應及談吐都還不錯，對新工作應該可以很快上手。然後我問了他一句，「請問網路上說『華○品質，以卵擊石』、『○碩電池，一個小時』是眞的嗎？」

然後我就開始準備第三次面試了。

第三次面試的公司是一家光電廠，有了前兩次經驗，我知道這一次我不能再多話了。於是我當天穿著筆挺的西裝，還特地在頭髮上抹了髮膠，一整個帥到不行。結果面試官看到我，劈頭第一句就問：「你剛從婚禮趕過來嗎？」

因爲這次我眞的沒有多話，也沒有亂來，於是兩天後我接到錄取的消息，電話是那個面試官打的。

「你那天應徵的是製程助理工程師，對吧？」他說。

「對。」

「但助理工程師已經滿額了，我想把你轉作程式測試工程師，你覺得可以嗎？」

「程式啊……」

「你可以考慮一下，不用急著現在回覆我，因爲這個部門的女孩子很多，她們……」他還沒說完，我立刻就打斷他。

「好好好！」我毫不考慮地答應了，「程式我在行，沒問題，沒問題。」

然後，我上了四個月的班，就在一個天氣非常晴朗的日子，一個微風輕拂的下午，這個該死的程式測試部門終於來了一個女新人，而且重點是，她沒有男朋友！

四個月前的那通電話裡，我的面試官想告訴我的是，「這個部門的女孩子很多，但她們都有男朋友了，所以你考慮一下沒關係。」

一開始我跟這個女孩子沒什麼交集，因為我的工作量不少，而她要學的東西還很多，所以交談的機會少之又少。我的一個男同事告訴我，她叫作佩華，以前在某個封測廠工作，巨蟹座O型，喜歡跳瑜伽、看電影，身高一百六十六公分，體重大概四十八公斤，目測胸圍是三十三C……

好吧，我承認剛剛說的「男同事」就是我。這些資料是某天中午在餐廳裡，我看見她一個人單獨吃飯，鼓起勇氣過去陪她聊天時問出來的，當然體重跟胸圍是猜的，她怎麼可能告訴我這些。

在那之後，我們常在工作時互丟MSN，中午也會相偕到員工餐廳吃飯，不然就是在下班之後，一起跟同事去酒吧喝點小酒聊聊天。我一直在找單獨約她出去的機會，但她總會在我快要提出邀請的時候說，「那我們找其他人一起去，比較好玩。」然後我就會在心裡罵髒話，表面上卻故作開心地笑說：「好啊好啊！這樣比較好玩！」

有一天，我記得那天的感覺像是夏天就要在明天降臨一樣。下班之後，我在停車場遇見她，她跪在地上找東西。

「掉了什麼嗎？」我走過去問。

「鑰匙。」她說。

「掉在哪裡？」

她指了指腳邊的排水溝蓋。

「很大串嗎？」我問。

「這麼大。」她一邊比一邊說。比出來的大小跟一坨狗大便差不多。

「幹！」我罵了出來，指著水溝蓋上面的洞，「這洞這麼小，這麼大串也掉得進去喔？」

「所以你知道有多倒楣了吧？」她無奈地說。

然後我開始在路邊尋找可以用的用具，還爬到樹上，折了一根比較粗的樹枝。天慢慢地黑了，我愈來愈看不到那串鑰匙。

後來我跑回辦公室，拿了我的長尺，然後用膠帶在長尺的末端綁上一根調整過形狀的迴紋針，當我跑回停車場時，太陽已經不見了。

我大概用長尺在水溝裡撈了十多分鐘，才終於把她的鑰匙撈上來。

「謝謝！」她開心地笑著，「太感謝了，昱杰。」

「不客氣。」我喘了幾口氣。

「明天我請你喝飲料當回報！」

「不用了，」我說，「如果妳想回報的話，有更好的方法。」

「什麼方法？」

「哪天放假，某個晴朗的下午，陪我散個步。」我說。

是的，我很喜歡散步。

22

忘了又過多久，我們約了一個星期六，選了一個不是很適合散步的地方散步，那是一條防波堤，河裡的水已經乾得快要看見底了。我想應該有很多人帶狗來這裡遛，因爲我們時常聞到狗大便的味道。

在電話裡，要約佩華出來之前，她還試圖說出「找同事們一起去吧，這樣比較好玩」這句話，還好我事前有準備，不然肯定又要在心裡罵幹。

「妳看看窗戶外面。」在電話裡，我說。

「外面？」她把尾音上揚，「你該不會在我家外面吧？」

「我不知道妳家在哪裡，怎麼會在妳家外面？」

「那你要我看外面幹麼？」

「看看天氣。」

「唔……不錯啊，太陽不小。」

「雲呢？」

「唔……不多呀，應該不會下雨。」

「那散步去吧。」我說。

「今天？」

「對。」

「現在？」

「是啊。」

「喔……就我們兩個嗎？」

「不，」電話這頭的我早就想好對策，「還有一隻狗。」

這隻狗是我跟鄰居借的，我的鄰居其實就是我大學時的學長，我和他住過同一樓層的宿舍，只是不同間。我答應要替他遛狗，順便幫他買晚餐回家，這種好康的事，他當然立刻答應，不過他在把狗交給我之前，警告我說：「我跟你說，牠非常非常不喜歡別人看牠大小便，所以當牠有『便姿』出現，你一定要轉過頭去，因爲牠會先確認你有沒有盯著牠，如果你一直盯著牠，牠就會耍脾氣不大小便。」

「便姿？」

「就是要大小便的姿勢。」他說。

「不給人看？」

「對，」他非常肯定地點點頭，「牠就是不給看。」

「幹！」我下意識地罵了出來，還說：「怎麼跟主人一樣機車？」

學長養的是一隻哈士奇，身上有白和灰兩種顏色的毛，四肢著地時的高度大概到我的大腿，如果牠把前腳舉起，只用後腳站立的話，幾乎就要搆到我的肩膀。

牠的名字叫作「噗啾」，我第一次聽到牠的名字時，差點笑死在學長家門口。

「噗啾！別亂跑！」我學長大聲叫著。當時我正經過他家門口，聽到牠的名字，我立刻停了下來。

「啥？這狗叫啥？」

「哈士奇啊。」他說。

「我是說牠的名字。」

「噗啾。」

「再說一次？」

「噗啾。」

然後我就哇哈哈地在原地笑到彎腰，「有這麼好笑嗎？」學長瞇著眼睛問。我則是連回話的力氣都沒有。

一隻這麼大的狗取名叫「噗啾」，感覺像是在養小鳥。

佩華在電話那頭聽到我會帶一隻漂亮的小鳥……啊！不，是帶一隻漂亮的狗去，整個語氣都變得不一樣，「狗？漂亮的狗？」她興奮地問，然後就很快地跟我約好時間地點。

我有一種狗比我還有魅力的感覺。

那天我們在防波堤上走了好幾趟，前三十分鐘，她幾乎都在跟噗啾說話，「噗啾，跳！」、「噗啾，跑！」、「噗啾，坐下！」或是拿起一根小樹枝朝遠方丟去，「噗啾，快去追！」

在那三十分鐘裡，我就像是個隱形人，她連理都沒有理我。

唯一欣慰的是，她的反應跟我一樣，當她聽見牠的名字時，笑出了幾滴眼淚。

「哈哈哈哈哈哈！」她無法自拔地笑著。

「有這麼好笑嗎？」我開始有點了解，學長看見我笑成那樣時的感覺。

「……誰取的名字？」她笑到捧著肚子。

「一個白癡。」我回答。

後來我們走得腿痠了，就坐在堤上聊天。噗啾好像被佩華整得很累，趴在地上就開始睡。

我非常驚訝，佩華是一個喜歡散步的女孩子。她說，念大學的時候，學校佔地不小，所以很多人都會買腳踏車代步，她也因此買了一輛。但那輛腳踏車並沒有眞的發揮功用，因爲除非她在趕時間，否則那輛腳踏車總是會被鎖在她的宿舍，或是系館前面。

「宿舍跟上課教室之間的距離不太遠，所以我經常用走的。」她說。

「散步的那種走？」

「嗯，散步的那種。」

「不走直線？不趕時間？」我下意識地詢問。

「嗯？會用走的就是不趕時間呀。」

「哎呀，抱歉。」對於突然想起紛飛和某些事情，我感到有些不好意思，心裡有些悵然。

「不用抱歉啊！」她笑著，「你說得沒錯，散步本來就該懶散地走，不走直線，不趕時間。」

「而且還可以想事情，是嗎？」我說。

「嘿嘿，是啊！」她半歪著頭說。

「妳爲什麼不交男朋友呢？」

「我？」她停頓下來，思考了幾秒，「其實……」

「其實？」

「其實我很想交男朋友。」

「喔？」我有些驚訝，「眞的？」

「嗯……我的空窗期已經持續滿長一段時間了，距離上一個男朋友都已經快三年了呢。在某些比較敏感的時候，我會有很深的寂寞感，甚至有時候我會想，如果就在我感覺很脆弱的當下，哪個男生剛好抓到那一秒，跟我說『我們在一起吧』，我可能眞的會點頭答應，不管那個男生是高矮胖瘦，甚至根本不認識。」

「幹麼搞得這麼刺激？」

「刺激？」

「對啊！」我轉過頭看著她，「如果一個不認識的人，在那一秒鐘，剛好跟妳講了『在一起』三個字，妳就眞的答應和他在一起，那不是很刺激嗎？」

「是啊，是很刺激。」她低下頭，「有時候，在那種特別的氣氛和狀況下，你才會有勇氣去做某些事情，或是做出某個決定。」

「這麼說也對。」

「這是很久很久以前，我在散步的時候想出來的。」

「散步的好處還眞不少啊！」我看著她，微笑著。

這時噗啾突然站起身來，小跑步地奔向旁邊的一棵樹，「噗啾，你要去哪裡？」佩華也站起身來，對著噗啾大喊。

我在噗啾做出便姿時，一手拉住她的手臂，另一隻手把佩華的眼睛矇起來，「千萬別看！牠不喜歡別人看牠大小便，我們要假裝沒看見。」

但其實我跟佩華都偷偷用眼角餘光觀察牠的反應，牠眞的會一直看著你，確定你沒有在看牠之後，才會放心地大小便。

我們把狗還給學長之前，還去買了肯德基當學長的晚餐，然後我跟佩華相約兩個小時後，在市區的 Friday's 餐廳一起吃晚餐。她終於沒有再說「找同事一起去」這句話了，我爲此慶幸著。

那天晚上，我們在某間Pub裡喝酒，ＤＪ放著慢歌之際，我們輕擁著對方，隨著節奏慢慢搖動，我不是個會跳舞的人，但她是個會瑜伽的女孩子，於是她主動帶領著我，很神奇的，我僵硬的舞姿竟然開始跟著她的柔軟而律動。

這天夜裡，在我家，在我的床上，我們熱吻，我們無可自拔地脫光對方的衣服，因爲無法抵擋的生理反應以及情緒反應，我們很自然地做愛了。

要睡著之前，她躺在我的胸膛上問我，「我們……要在一起嗎？」

我摸摸她的頭髮，在她的額頭上吻了一下，「找一天，我們再去散步吧。」

或許只有在散步的時候，我才能感覺到……妳，或是愛……仍然存在。

23

但是我跟佩華並沒有在一起太久。幾個月之後，我們回到同事之間的正常關係。

在這之前，我們會牽著手去散步，牽著手去逛街，牽著手去看電影，當然也會牽著手來到我家，或是去到她家，激情地在床上享受假裝擁有的愛情。

對，假裝擁有的愛情。

我們都認爲，在某些情境與氣氛之下，沒有人能進入我們的世界，在沒有百分之百地確定彼此的關係之前，我們不去觸碰這個可能會破壞默契的問題。

什麼默契？簡單且直接一點地說，就是不要把徐昱杰當男朋友的默契。

在這點默契之下，她就是我的，我就是她的，我不會擁有其他人，她也不會去揣想我會擁有其他人，這種不確定但互有所屬的絕對，讓我跟她沉醉在這樣的關係裡。

佩華很聰明，她是個知道該怎麼不讓自己受傷，也不讓別人傷害她的女孩子。

「你不愛我，對吧？」曾經，她這麼問過我。

「爲什麼問這個？」

「我覺得，我跟你之間好像有什麼在阻擋著。」她說。

「有什麼在阻擋著？」

「嗯……」她點點頭，「我相信你對我是喜歡的，跟我在一起的時候是開心的，而且這些喜歡和開心都是眞的。但是，我有一種你沒辦法眞的跟我在一起的感覺。」

「爲什麼有這種感覺？」

「這該問你，你爲什麼給我這樣的感覺？」

聽到這裡，我沉默了。

「我想，只有兩種可能。如果不是你有心跟我玩這種愛情遊戲，就是你心裡有一塊連自己也沒辦法搬動的大石頭吧。」

聽到這裡，我有些吃驚。

「我相信你不是個會玩愛情遊戲的人，所以我想，那塊大石頭，就是我們之間的阻擋了。」

「我……」我欲言又止，但其實我不知道該說什麼。

「我很喜歡你，我很享受你跟我在一起的時候。」她輕輕地抱著我，繼續說著，

「如果你的石頭需要時間搬開，我不會逼你非得很快地移動它。」

我依然不知道該說什麼。

這段對話發生在我跟她剛做完愛的某個晚上，而我們會擁有前面所提及的默契，就是因爲她這聰明的特性，讓我們之間繼續著「互有」又「不互有」的關係。

「幹你娘的王八蛋。」知道我擁有一個女孩子，但卻不跟她在一起的時候，中誠這麼罵過我。

「罵得好。」我點點頭。

「這樣很王八蛋。」

「我知道。」

「你只是要開心，你只是要爽，講明白一點，你把她當成某種犧牲品，而你不想改變這種不公平的情況。」

「我在盡力了。」

「不過，其實你盡不盡力都不是重點，就算你一直這樣，愛你的人還是會繼續付出。」

就這樣，我跟佩華的關係在假裝擁有愛情的情況之下，持續了好幾個月。有時候我們一起出去玩，她會故意拿著相機，請路人幫我們拍照，她會說「麻煩你幫我跟我男朋友拍一張」，甚至她說過「麻煩你幫我跟我老公拍一張」。

聽到這些話的當下，我是有些歉疚的。但我只能配合她的劇本，在這場戲中盡力演出。

有時候她會靠在我的身上，撒嬌地要求，「說你愛我好不好？」當她看見我面有難色，便會再補上一句「假裝一下嘛」。

我帶她去高雄吃過海之冰，那是一間很有名的冰店，會賣跟垃圾桶一樣大碗的各式冰品，那間店的牆上密密麻麻的，全都是簽名。許多情侶、同事、同學、夫妻……管你是什麼身分、什麼關係，只要你來吃冰，你就可以在他店裡的牆上簽名。

當佩華看見牆上一大堆「某某某到此一遊」、「某學校某系學會到此一吃」、「某人愛某人」、「某白癡是個王八蛋」……的留言，她很開心地搖著我的手說：「我要簽我要簽！」

然後她向店家要了一枝筆，找了一根柱子，在上面寫了「徐昱杰帶○○李佩華到此一吃」，然後標上日期。

「妳爲什麼要多畫兩個圈圈？」我好奇地問。

「嘿嘿，這是有陰謀的。」

「什麼陰謀？」

「等你把心裡面的大石頭搬開了，我還要你帶我來這裡，然後你要親手在那兩個圈圈裡，寫上女友或是老婆。」她說。

離開海之冰之前，她還不忘提醒我，要記得這行字簽在哪一根柱子上，不然下次來會找不到。

幾個月之後，她放棄了。我想是愛情給了她太沉重的壓力，使得她不停地在我的愛裡尋找她的存在，當她愈是認眞找尋，我的愛就愈縮愈小。

有一天晚上，她到我住的地方敲門。在我開門的那一剎那，她用力地擁抱我，並且開始親吻我，她撕開我的襯衫，一整排的鈕釦四處亂飛，她拉開我的皮帶，我抓住她的手，問她怎麼了，她笑笑地回我：「明天，我們就是同事了。」

隔天，我才用公司的電腦登入ＭＳＮ，馬上就收到她寄過來的Word檔，裡面寫著：

在愛情世界裡，我從來都不是個貪心的人，我一向認為，當某個地方有了我的位置，那理所當然就屬於我。

但你卻讓我發現自己的貪心。

當我擁抱你，當我親吻你，當我恣意地讓你的手在我的身體上來回撫摸，當我在某些思緒中，清楚地看見你的樣子，當我時常在某些呼吸的縫隙，感覺到自己想要佔有你的欲望時，我便開始不喜歡自己。

我不知道你心裡的大石頭是什麼，我也從不曾過問。

我相信你也是愛我的，因為我從你每一次吻我、跟我做愛的心跳當中，感覺到你對我是真的。

只是，我在和一個不知名的大石頭拔河。

它佔據了你心裡絕大部分的空位，我只能在夾縫中找尋生存的一點縫隙。

和不知名的東西戰鬥是累人的，幾個月下來，我在愛情裡累積的寂寞也已經足夠我難過很久了。

昱杰，我們就做回同事吧。

當我發現我們距離真正的情人只有一步之遙，卻一直無法跨越那條線的時候，我就知道，這場拔河，我已經輸了。

◇◇

我在愛情裡累積的寂寞也已經足夠我難過很久了。

24

很久前的某一天，在跟中誠聊天的時候，他跟我說，他作了一個夢，夢見有個神來找他，要給他一種魔力。

「什麼鬼啊？」我說。

「不是鬼啦！我說的是神！」

「喔……」我覺得有點無趣，「什麼神？」

「就是那個啊！嗯……」他搔著頭，想不出來。

「什麼啊？」

「就是一個神。」

「喔……然後呢？」

「這個神要給我一種魔力，讓我可以幫助別人。」

「什麼魔力？」

「類似實現願望的魔力，但一個人只能有一次機會，而且重點是……」

「啥？」我好奇地問。

「重點是，這個願望只能讓你選擇『你希望什麼是不變的』，而不是讓你選擇娶到侯佩岑或是賺到兩百億之類的。」

「希望什麼是不變的？」我不太了解。

「就是你現在已經擁有的東西，而你希望它永遠不會變。」中誠說。

「可以舉個例子嗎？」

「例如你的健康，或是你家人的健康，或是你的快樂，或是你的事業。」

「喔。」我終於懂了這個神要幹什麼了。

「那你希望什麼是不變的？」中誠問我。

「說了你能幫我實現嗎？」

「不能，」他搖搖頭，「那個神在我醒了之後就不見了。」

「那你問個屁！」

「講一下嘛。」

我大概花了十分鐘思考這個問題，然後我歪著頭，看著中誠，「我不知道。」

我再問中誠同樣的問題，他說希望不變的是朋友之間的感情，他希望要好的朋友能夠永遠陪在身邊，而且彼此之間不會交惡，不會背叛，不會有任何不愉快。

我也拿同樣的問題去問同事，還有我的朋友甲乙丙丁，他們都有不同的選擇。

朋友甲希望他存在銀行裡的存款金額不變，那他將永遠都有花不完的錢。說完他雙手叉腰，以爲自己說了一個無敵聰明的願望，在路邊哈哈大笑起來，不過他剛說完，他老婆就打電話給他，要他領錢回去繳車貸跟房貸。

朋友乙說我的問題非常假設性而且無聊到極點，他這輩子最討厭這種奇怪的問題，那感覺像是跟你說，這裡有一張空白支票，只要填上數字，這張支票就可以兌現，你馬上就可以擁有一筆從天上掉下來的財富。

「這感覺非常非常不踏實，我們做人要實際一點啊！不是嗎？」乙皺著眉頭，正經八百地說。

「那你就別回答嘛，囉嗦這麼多幹麼？」

「我只是在想，我要塡多少數字才夠花……」說完，他馬上被甲跟丙圍毆。

朋友丙打完乙之後，說這其實是個探究人性的問題，多數人就像甲乙一樣，只希望金錢能恆久，卻不在意比財富更重要的東西。

「什麼東西？」甲乙異口同聲地問他。

「女人。」丙認真地說。

這個答案一出，馬上獲得在場五個大男人的掌聲，大家都覺得他說得真好。這時丁一邊拍手，一邊還不忘餵他的小兒子喝牛奶。當我們看見他一副萬年奶爸的樣子，就決定這個問題不需要問他了。

佩華也曾經聽我問過這個問題，當時我們已經恢復同事關係。剛開始，我們都很努力地表現出自己最成熟的那一面，去面對這段尷尬的時期，所以我們還是一起吃午飯，一起討論工作，一起到員工消費社去買東西，有時假日還會跟同事一起出遊。

只是我們不再一起散步了。

佩華說，她希望不變的是愛情，她希望人一輩子就只愛上一個異性，兩個人相識相知相守相惜，不需要經歷失戀，不需要經過好多次好多次的愛情戰爭，在那砲火轟隆的攻擊之下，就算能全身而退，也已經傷痕累累。

說完，她看了我一眼，我則是刻意迴避她的視線。之後沒多久，我就遞出辭呈，準備到另一間公司去工作了。

我跟佩華最後一次單獨約會是在某個週末，我約她去吃西餐。我發現一家鐵板燒餐廳，有著非常美味的海陸大餐，我希望她能賞光，跟我一起享受美食。當然，這是一個朋友之間的約會，那天，我們沒有牽手走過任何一條馬路。

本來我以爲她可能又會說「找同事一起去吧，這樣比較好玩」，但她在聽完我的邀請之後，瞇著眼睛微笑，說：「我還以爲再也沒有機會跟你單獨吃飯了。」

那頓鐵板燒，我們吃得很愉快。

席間，我們聊到的話題，不只是曾經有過的那段關係，她還說到，未來幾年，她可能會在存了一筆錢之後，出國念碩士，或是眞的就找一個男人嫁了，從此相夫教子，不再過問塵事。

我笑她，用「過問塵事」四個字會不會太不食人間煙火了一點，她卻回答我，「把自己當神仙一樣過活，會比較愉快吧。」我只能點頭稱是。

「下個月我就要離職，去另一家公司了。」我說。

「啊！」對此，她感到非常驚訝，「你要走了？」

「嗯，那間公司的經理是我朋友的老長官，他希望我過去幫忙。」

「你已經遞辭呈了？」

「嗯，」我點點頭，「很久以前就遞了，一直到兩個星期前，老闆才准了。」

「他沒有留你？」

「他留了我兩個多月，我一直沒答應他。」

「你……是在我寫那封信給你之後遞辭呈的嗎？」

「嗯？」

「我的意思是，是因為我寫的那封信，你才決定離職的嗎？」

「喔不！」我趕緊解釋著，「不是這樣的，因為對方開出來的條件比較優渥，既然工作的內容差不多，我當然選擇薪水比較高的。」

「喔。」她點點頭。

主菜之後上的甜點跟飲料，我連動都沒有動。我不是個喜歡吃甜點的人，而飲料則是上錯了，我要冰紅茶，服務生送來熱的，我心想反正不渴，就不用請他換。

這天的晚餐約會，在我們走出餐廳之後就結束了。本來我以為會陪著她走到捷運站，但她說我跟她的方向相反，所以堅持不讓我送。

「在你離開之前，我想問你一個問題。」她說。

「嗯，妳講。」

「到底，你心裡的大石頭是什麼？」

「嗯……」我低下頭思索。在路燈的照耀下，我跟佩華的影子疊在一起，「那不是一塊大石頭，只是一根羽毛而已。」

離開公司那一天，佩華並沒有來參加同事為我辦的小小送別會，她只是在我的位子上留下一張紙條，上面寫著：「其實，我希望能夠永遠不變的，是時間。你跪在地上幫我撈起鑰匙的那一天，我感覺到，愛情，在你我之間的空氣中蔓延。」

其實，我早就忘了中誠夢見的這個問題了，直到某個晚上，我喝掉半瓶威士忌，卻發現腦袋並沒有因為烈酒而昏昏沉沉，覺得自己的酒量有明顯的進步時，這個問題突然又從腦袋裡的某個角落竄出來。

於是我連到網路上，把自己的MSN暱稱改成：「神給了我許一個願望的機會，我該對祂說什麼呢？」

這個暱稱我用了很久很久，一直到前一陣子，我才真的發現我要許什麼願望，我才真的發現我希望什麼是不變的。

那不是一塊大石頭，只是一根羽毛而已。

25

到了新的公司之後，我發現工作內容其實並不如我原本設想的，「就差不多是一樣的工作內容」，上司希望我能從客服工程師開始做起，並在徹底了解公司的機器之後，轉當業務。

上面的人交代了，下面的人就得執行，對於命令，你沒有討價還價的空間，也沒有時間噓寒問暖打哈哈，當你在制度優先的公司工作時，這就是絕對的首要領悟。

幾個月之後，我摸熟了公司的系統，被命令立刻轉任業務。大概是天生長得比較誠懇，而且說話不會油腔滑調，還有我幾乎兩天就會刮一次鬍子的關係，我的工作進展得還算順利，收入與獎金也是以前工作的三到四倍（中誠說，這跟刮鬍子沒關係）。

也就是在那時候，我見識到所謂的「歡場就是生意場」的文化，歡場指的就是酒店，有小姐陪酒的那種。那天，經理特別交代，在他們回到飯店之前，我絕對不可以回家，在我還沒搞清楚狀況，心裡想著「他們？他們是誰啊」的時候，經理車子的後門就開了，幾個日本來的客戶魚貫上車。

七人座的休旅車裡，吵得跟菜市場沒兩樣，日本人說話嗓門眞的很大，尤其是他們一起放聲大笑的時候，那分貝更是高得驚人。

經理向日本客戶介紹我的時候，他們拍著我的肩膀，用口音很重的英文說：「今天你要多喝一點喔！」

那天晚上在餐廳吃飯，我一直在找機會把訂單談妥，但不知道爲什麼，我完全找不到一個好的插話機會。一直到晚餐結束，十點不到，公司的日文翻譯湊到經理的耳朵旁說：「他們要去玩。」經理就知道什麼意思了。

那是我第一次去酒店。濃妝豔抹的陪酒小姐；裝潢氣派的包廂；把客人當神明看待，隨時九十度鞠躬的服務生；還有幾個專門站在酒店外頭，看起來非常凶悍的酒店圍事，是我對酒店的第一印象。

「不是每個客戶都會這樣，但一定有客戶是不上酒店不簽訂單的。」在我第一次上酒店，喝到吐得亂七八糟的隔天早上，經理這麼告訴我。當時我的頭痛欲裂，我的每個毛細孔似乎都還散著酒味。

在我當業務的那一年，我去酒店不下二十次。經理拿給我的酒店幹部的名片，我每一張都充分利用過，我每一個幹部都認識了，甚至我幾乎見過了所有的陪酒小姐，只要我去那間店超過兩次以上。

我跟許多酒店小姐上過床，甚至跟其中一些人有過感情。那一年，是我生命中極度混亂的一年，混亂的狀況，就像是一座非常大的草原，其中某一部分被龍捲風吹過，當你從高空俯瞰，就會看見那被摧毀的部分是多麼地亂七八糟。

「多亂七八糟？」剛在一起的時候，雅芬這麼問過我。

「就像碎片一樣。」

「生命的碎片？」

「不，」我微微一笑，搖搖頭，「是靈魂的碎片。」

那一年，我感覺不到愛情。我只知道，情緒一來，我就會對「這個女孩」產生莫名的好感，但幾天或幾個星期之後，好感消失了，我就會離開「這個女孩」，直到「下個女孩」再出現，莫名其妙的好感又不知道從哪裡蹦出來……

這樣的循環，使得我的靈魂變得很狼狽，我不只一次地回頭追尋，那很年輕很年輕的我，跟那些真正的情人，到底是怎麼面對愛情的呢？當年那股青澀、認眞到底的心情都去哪裡了？我感覺我那掌管感情部分的靈魂出了一場很嚴重的車禍，散了一地的碎片，亂七八糟的，就是亂七八糟的，根本沒辦法拼得回來。

直到我不再做業務，放棄了年收入一百五十萬以上的高薪，我才在每天早上八點十分，鬧鐘響起的瞬間睜開眼睛，發現我的視線不再因爲宿醉而模糊，我的腦袋不再因爲酒精而頭痛欲裂，還有摸一摸身旁的枕頭，不再躺著一個我只知道花名，卻不知道她的眞名的女人時，我才重新感覺到我好像還活著，我的靈魂並沒有變成碎片。

於是我換了公司，遇到了雅芬，這個有時感覺很像紛飛的女人。

前兩年的某一天，一個許多人在遊行抗議的那段日子裡，我在捷運中正紀念堂站，遇見了一個十多年不見的舊情人，她是我高中時的女朋友，我因爲緊張而在她面前夾飛滷蛋的那個。

我非常驚訝，沒想到她還能認出我來，畢竟十年的歲月實在不短，而一個人的變化卻是很大的。看看那個兩千年時，意氣風發、雄心壯志地當選總統，二〇〇六年就被百萬人民包圍的人，你就知道人的變化眞的很大。

我指著一身紅衣的她，驚訝地問：「天啊！妳不是移民了嗎？怎麼會回來呢？妳在這裡幹麼？」

她指了指身上的紅衣服，「你覺得我還能在這裡幹麼？當然是來給陳水扁好看的啊！」

「所以妳特地回來，就爲了這個？」

她搖搖頭，「命運很愛捉弄人。十多年前，我跟著爸媽出國，當了加拿大人，十多年後卻嫁回台灣了。」

「妳嫁人啦？」我很驚訝。

「我們都已經二十八了，你忘了自己的年紀了嗎？」她笑著說。

「嗯，對，二十八歲的女孩確實是該嫁了。」我點點頭。

「你這十多年來過得好嗎？在哪裡工作呢？」

想起前一年的荒唐，我有些心虛，「一切都很好，我現在生活得還不錯。」

「結婚了嗎？」

「還沒。」

「有女朋友吧？」

「嗯，有。」

「那就該結婚啦！」她拍了拍我的肩膀。

「或許吧。時間還沒到。」

「認眞一看，你眞的……變了很多。」她仔細地看一看我。

「是嗎？」我也低頭瞧了瞧自己，「我沒什麼感覺呀。」

「十多年前，你還沒這麼高，身材也沒有這麼結實，重點是，你現在眞的很帥，跟以前相比，眞的差很多。」

「是喔？」我不好意思地笑了。

「是啊……哎呀！十多年囉，大家都變了，連當總統的也變了，哈哈哈哈。」她爽朗地笑了出來。

她那天的笑聲至今還迴盪在我腦海裡，而中誠的那個夢，很巧合地，和她那天的最後一句話相呼應。所以到底什麼是不變的呢？其實這世上沒有什麼是不變的，不然神就不需要給我們這個願望了。

大概是五個多月前吧，二〇〇七年就快要結束了的年底，又是一個加班加到沒捷運的鐵克西之夜。其實我是可以叫雅芬載我回家的，因爲她是我的女朋友。但這天她身體不太舒服，我不希望她陪我在公司加班，所以叫她早點回家。

這天，跟我一樣還留在公司裡奮鬥的人，就是那個剛來幾個月的明凱，他拿了一杯咖啡，走到我身邊，「先喝了吧，提提神。」

「啊！謝謝你！」我端過咖啡，喝了一口。

「天啊，都快十二點半了，事情卻好像做不完。」

「哈哈哈，」我笑了出來，「事情怎麼可能做得完呢？」

「你常常這樣加班，雅芬不會抱怨嗎？」

「她要抱怨什麼？」我喝了一口咖啡，「我們在同一間公司上班，她很清楚我的工作狀況，如果這樣還要抱怨，那可能很難相處得下去。」

「嗯，說得也是啦。」他點點頭。

「你呢？你交女朋友了嗎？」我問。

他微笑著搖搖頭，「沒有，所以我很羨慕你，你回家的時候，總是有人會爲你開一盞燈，靜靜地等著你。」

「你趕快交個女朋友，就會有人開著一盞燈等你了。」我調侃著。

「你跟雅芬的感情很好，對吧？我常聽到她提起你。」

「嗯？」我挑了挑眉，「說我好還是說我不好？」

「都是好的呢！她說你是個很好的結婚對象。」

「是喔？」我笑了幾聲，「好幾年前，有個女孩子也說過同樣的話，她還說她一定要在二十七歲結婚，偏偏她二十七歲的時候我才二十五。」

「我也認識一個女孩子，她也說她一定要在二十七歲時結婚。」

「為什麼女孩子都喜歡為自己的婚期訂一個期限呢？」我好奇地說。

「我哪知道。」明凱放下手上的咖啡，「說來有趣，她當時的男朋友是在網路上認識的，兩個人還交往了好幾年呢！」

「我也是在網路上認識那個女孩子的，我跟她在一起好幾年……」

說到這裡，我和明凱突然都安靜了下來，我開始覺得心跳的速度有點不太穩定，他則是一臉想起了什麼似的看著我……

「當十九歲的夏日遇上二十一歲的紛飛……」他一個字一個字地慢慢說著。

我已經不知道該怎麼反應了。

「你是……夏日？」

是的，我是夏日。

夏日之詩

點一根菸，正在燃燒著的不只是菸草，
還有情緒。
寫一首詩，正在著墨著的不只是字句，
還有生命。

回想生命中，曾經爲誰寫過詩，
又曾經收過誰爲你寫的詩呢？

如果這漫長的生命之路不曾留下任何紀錄，
或許一首詩，
就是最好的附註了。

26

經過三個多星期的爭執，爸爸跟媽媽終於決定了兩個月之後的婚宴地點。本來媽媽說她希望在國賓飯店宴客，但是爸爸說漢來飯店的感覺比較新穎。兩個老人家為了我的婚事，三不五時就鬥嘴，到最後我乾脆直接跟他們說：「不管是國賓還是漢來，我都沒興趣，我決定要在金典酒店請客，你們就不必再吵了。」

並不是我喜歡自作主張，不讓父母親拿主意，而是那種壓迫感有時候眞的會讓人喘不過氣來。「結婚前的忙碌眞的是一種雙重壓迫。」這句話甲乙丙丁四個人都說過。當然，在我還沒決定結婚之前，我是不知道什麼叫雙重壓迫的。

「那就是一種……嗯……兩邊都在壓迫你的感覺。」丁說。

「也就是兩邊都在對你施壓的感覺。」丙說。

「你會很明顯地感受到他們的壓迫。」乙說。

「而那種壓迫是來自兩邊的。」甲說。

「所以到底什麼是雙重壓迫？」我問。

「就是雙重壓迫。」他們回答。

這段廢話發生在他們收到我的喜帖的時候，他們很緊張地打電話來問我：「你眞的要結婚了嗎？」

「是啊。」

「這眞的是一個不太明智的決定。」他們異口同聲地說著同樣的話。

「不明智？但你們不也都結婚了？」

「結婚之後，你才會發現這個決定有多麼不明智。」

然後四個大男人在酒吧裡哭成一團，還不時接到老婆要他們回家幫忙帶小孩的電話。

不過他們說的雙重壓迫是眞的存在，那來自雙方的家庭。關於婚禮的安排，男方與女方的家庭都會有各自堅持的地方，但主辦的人是結婚的主角，當男方的家庭提出了要求，女方的家庭也提出了建議，那就會是衝突的開始。不過這樣的衝突不會眞的在雙方的家庭裡爆發，因爲計畫結婚的兩人會吸收這樣的衝突。

籌辦婚事期間，準新人必須承擔的壓力不小，因爲你不會想讓自己的家人失望，也不會想讓對方的家人失望。相對地，你的另一半也一樣。於是所有的壓力都落在準新郎跟準新娘身上，一直到婚禮過後一段日子，這龐大的壓力才能慢慢地化解。

「我們的未來，我們自己決定。」飽受雙重壓迫之苦，某一天晚上，雅芬躺在我的懷裡，這麼跟我說。

於是，雅芬回絕了眾多親戚及長輩們看過、等待我們決定購買與否的所有房子，她說很感謝他們的幫忙，但她希望能夠自己決定將來。因此，我們買了一間位在淡水的房子，在這裡，我們可以面對夕陽，向度過的每一天說再見，而且捷運站就在離我家騎機車不到五分鐘的地方，附近的生活機能，還有環境的寧靜度都很不錯。

那個嘴巴很甜的房屋仲介阿姨終究還是賺到我的錢了，當她接到雅芬的電話，那開心到拉開嗓門大喊的聲音，連正在開車的我都聽得見。

前些日子的某個星期日，我起了個大早，開著雅芬的車子，在一片霧茫茫的蜿蜒山路中前進，目的是去看一看紛飛。我起床的時候，天才剛亮，雅芬還賴在我的胸膛上不肯下來，我慢慢地把她移到她的枕頭上，她微微張開眼睛。

「幾點了，親愛的？」她說。

「早上六點。」

「這麼早？你要去哪裡？」

「我……要去看一個老朋友。」

管理靈骨塔的師父爲我這個一大早就前來打擾的不速之客開了門，他說從來沒有人這麼早來，如果不是有什麼急事要告訴已經去世的人，就是有喜事要讓去世的人知道。

「是的，是喜事。」我點點頭，「師父，您眞是妙算。」

「不是我妙算，而是你一臉紅光，其運走日正當中之勢，必有喜事啊。」

我把我的喜事告訴紛飛，並且希望她能給我祝福。清晨的痲雀充滿活力，牠們在窗外鳴叫、互相追逐著，我感覺到一陣陣春風吹拂過我的臉。

不管是什麼時候的她，紛飛都是美麗的。我想，認識她的人絕對不會忘記她永遠二十七歲的樣子。

明凱是紛飛的鄰居，也就是把聊天室的大標題改成「當十九歲的夏日遇上二十一歲的紛飛」的人。當年他與紛飛一起上聊天室，並且在那裡遇到了夏日。

也就是我。

他說紛飛遇見我之後，就時常跟他聊起我的事情。不管我帶紛飛去哪裡，她總會把過程一五一十地告訴他。「那時候的她，每天都很幸福。」

五個月前，明凱把一張已經有點泛黃的紙交給我，他說這張紙已經放在他家十年了，如果不是因爲紛飛，他早就把這張紙給丟了。

我伸出手，緩緩地接過那張紙，那當下我並沒有打開它。明凱說，回家再看吧。也確實，那張紙條適合在一個安靜的夜晚獨自閱讀。

幾天之後，我剛加完班回到家。工作的壓力，驅使我倒來一杯威士忌，用以舒緩我燥悶的心情。我往沙發上躺去，用很糜爛的姿勢坐著，安靜沉默的氣氛無情地向我襲來，我喝了一大口威士忌，那濃烈的酒精燒燙著我的喉嚨，也嗆醒了我的腦袋。

我從口袋裡拿出那張紙，並且打開它，紛飛娟秀的字跡映入我的眼簾。

◇◇

一條路的長度，決定了我的迷戀。
路那一邊的人行道上，有你的繾綣。
你在數萬顆雨滴破碎在地上的同時，聽見很清晰的我的腳步，
雨並沒有淋濕我的裙襬，我不曾慢了速度。

夏日，紛飛，是老天爺刻意安排的局，
夏日是你，紛飛是我，而雨只是我們之間美麗的點綴。
平行的人行道，依然有交界。
終點就在你身邊，我早已經看見。

其實你無須問天，在大雨紛飛的這夜，
就算雨永遠不停，我仍然願意住進你心裡面。

◇◇

我在看完的那瞬間崩潰，眼淚像翻倒的水滴，不停地從眼眶裡湧出來，我感覺自己身在無盡的悲傷裡，而那悲傷在很深很深的谷底。

那天之後，我開始每天找一些時間散步。有時候自己一個人，有時候跟雅芬一起。這個習慣養成了之後，如果我在下班後沒有直接上雅芬的車，那麼她就會知道，我要去散步了。

就這樣過了兩個月，我在全台灣最高的餐廳裡向雅芬求婚。我聽從中誠的建議，請了兩個小提琴手，他們在雅芬快吃完晚餐時，走到她的身邊，開始演奏浪漫的音樂。

我拿出已經準備好的戒指，還有我的身分證，告訴她，如果她喜歡這樣的氣氛，這樣的提琴聲，還有這個戒指，就要有把她的名字印在我身分證配偶欄上的心理準備。

她的眼眶裡含著淚水，用刻意壓抑感動的聲音對我說，「就算沒有這樣的氣氛，這樣的提琴聲，以及這個戒指，我還是會願意嫁給你。」

兩個月之後，我就要結婚了。甲乙丙丁說，這是個不明智的決定。

其實明不明智，我根本就沒想過。

雅芬問我，爲什麼突然想跟她結婚？

「因爲我很愛妳。」我說。

「我知道你很愛我，我是說，你怎麼會突然向我求婚呢？」

我輕輕撫摸著她的頭髮，笑了一笑，「因爲散步。」

「散步？」

「嗯，是啊。」我點點頭，「因爲走著走著，就會想通一些事情了。」

因為走著走著，就會想通一些事情了……

註：結果從頭到尾，我都忘了給甲乙丙丁這四個人取名字了……

【全文完】

國家圖書館出版品預行編目資料

夏日之詩／藤井樹著.一初版一台北市；商周出版；
家庭傳媒城邦分公司發行；2008 [民97]
面　　公分. --（網路小說；109）

ISBN 978-986-6662-47-8（平裝）

861.57　　　　97005098

夏日之詩

作　　者／藤井樹
責任編輯／楊如玉

發 行 人／何飛鵬
法律顧問／台英國際商務法律事務所　羅明通律師
出　　版／商周出版
台北市 104 民生東路二段 141 號 9 樓
電話：(02) 25007008　傳真：(02) 25007759
E-mail：bwp.service@cite.com.tw
發　　行／英屬蓋曼群島商家庭傳媒股份有限公司城邦分公司
台北市 104 民生東路二段 141 號 2 樓
書虫客服服務專線：(02) 25007718・(02) 25007719
24 小時傳真服務：(02) 25001990・(02) 25001991
服務時間：週一至週五 09:30-12:00・13:30-17:00
郵撥帳號：19863813　戶名：書虫股份有限公司
讀者服務信箱E-mail：service@readingclub.com.tw
歡迎光臨城邦讀書花園　網址：www.cite.com.tw
香港發行所／城邦（香港）出版集團有限公司
地址：香港灣仔軒尼詩道 235 號 3 樓
Email：hkcite@biznetvigator.com
電話：(852)25086231　傳真：(852) 25789337
馬新發行所／城邦（馬新）出版集團
Cite (M) Sdn. Bhd.(458372U)11, Jalan 30D/146, Desa Tasik,
Sungai Besi, 57000 Kuala Lumpur, Malaysia.
電話：(603)90563833　傳真：(603)90562833

版型設計／小題大作
封面設計／黃聖文
電腦排版／新鑫電腦排版工作室
印　　刷／鴻霖印刷傳媒事業有限公司
總 經 銷／農學社
電話：(02)29178022　傳真：(02)29156275

■ 2008 年（民 97）4 月 29 日初版　　Printed in Taiwan
■ 2008 年（民 97）8 月 26 日初版78刷

城邦讀書花園
www.cite.com.tw

定價／220元

ISBN　978-986-6662-47-8

商周出版

廣　告　回　函
北區郵政管理登記證
台北廣字第000791號
郵資已付，免貼郵票

104 台北市民生東路二段141號2樓

英屬蓋曼群島商家庭傳媒股份有限公司　城邦分公司

請沿虛線對摺，謝謝！

商周出版

書號： BX4109　**書名：** 夏日之詩　**編碼：**

請於此處用膠水黏貼

商周出版

讀者回函卡

謝謝您購買我們出版的書籍！請費心填寫此回函卡，我們將不定期寄上城邦集團最新的出版訊息。

姓名：________________

性別：□男　□女

生日：西元________ 月________ 日________

地址：________________

聯絡電話：________________ 傳真：________________

E-mail：________________

職業：□1.學生 □2.軍公教 □3.服務 □4.金融 □5.製造 □6.資訊 □7.傳播 □8.自由業 □9.農漁牧 □10.家管 □11.退休 □12.其他________________

您從何種方式得知本書消息?

□1.書店□2.網路□3.報紙□4.雜誌□5.廣播 □6.電視 □7.親友推薦 □8.其他________________

您通常以何種方式購書?

□1.書店□2.網路□3.傳真訂購□4.郵局劃撥 □5.其他________

您喜歡閱讀哪些類別的書籍?

□1.財經商業□2.自然科學 □3.歷史□4.法律□5.文學□6.休閒旅遊 □7.小說□8.人物傳記□9.生活、勵志□10.其他________

對我們的建議：

____

____

____

____

請於此處用膠水黏貼

夏日之詩

Poetry of Summer

夏日之詩

Poetry of Summer

夏日之詩

Poetry of Summer